長編超《スーパー》伝奇小説
書下ろし
魔界都市ブルース

菊地《きくち》秀行《ひでゆき》

紅《くれない》の女王《じょおう》

NON NOVEL

祥伝社

CONTENTS

カバー＆本文イラスト／末弥　純
装幀／かとう　みつひこ

二十世紀末九月十三日金曜日、午前三時ちょうど――。マグニチュード八・五を超《こ》す直下型の巨大地震が新宿区を襲った。死者の数、四万五〇〇〇。街は瓦礫《がれき》と化し、新宿は壊滅《かいめつ》。そして、区の外縁には幅二〇〇メートル、深さ五十数キロに達する奇怪な〈亀裂〉が生じた。新宿区以外には微震さえ感じさせなかったこの地震は、後に〈魔震《デビル・クエイク》〉と名付けられる。

以後、〈亀裂〉によって〈区外〉と隔絶《かくぜつ》された〈新宿〉は急速な復興を遂《と》げるが、その街を産み出したものが〈魔震〉ならば、産み落とされた〈新宿〉はかつての新宿であるはずがなかった。早稲田《わせだ》、西新宿、四谷《よつや》、その三カ所だけに設《もう》けられたゲートからしか出入りが許されぬ悪鬼妖物がひしめく魔境――人は、それを〈魔界都市“新宿”〉と呼ぶ。

そして、この街は、哀しみを背負って訪れる者たちと、彼らを捜《さが》し求める人々との物語を紡《つむ》ぎつづけていく。あらゆるものを切断する不可視の糸を手に、魔性《ましょう》の闇を行く美しき人捜し屋《マン・サーチャー》――秋《あき》せつらを語り手に。

第一章　降ってきた柩《ひつぎ》

1

横田《よこた》基地を飛び立った直後から、ワシントン行き長距離輸送機C17スカイロードには変事が発生していた。

長距離用の特殊燃料と専門のターボ・エンジン四基を備《そな》えたボーイング社自慢の大型輸送機は、最大巡航速度M《マッハ》一・五を維持しつつ、ノンストップで本土へと向かうはずであった。

だが――出発当日、唯一の貨物を機体へ搬送するトラックが横転し、運転手と護衛の兵士二名、及《およ》び付き添いの道教《どうきょう》の道士三名が死亡した。

米軍は離陸を強行――救護活動が行なわれるのを尻目に、C17は予定どおり、降りつづく雨と強風の中を飛び立った。

私室でこれを見送ったジョンソン・G・サクソン司令官は、機体が雨雲に呑《の》み込まれるや昏倒《こんとう》。駆《か》けつけた兵士と医師は、

「これで安心だ。呪《のろ》いは本土が受けた」

といううわごとのような言葉を、何度も聞いている。

一分で高度八〇〇〇メートルまで上昇したC17を、分厚い雲が包んだ。いわゆる雨雲――積乱雲や乱層雲は、六〇〇〇メートルあたりで発生する。灰色の異常な雲であった。

それでも機体は進路と姿勢を維持しつつ、不安なく太平洋《たいへいよう》上へ出、米本土へ巡航路を辿《たど》っていた。

貨物室の外には一〇名の兵士と生き残りの道士三名が同乗していた。

「あと六時間だな」

兵のひとりが鬼みたいな顔で言った。返事を期待する口調ではなかったが、その両側から、

「そうだ」

同時の応答は、切実な希望を表わしていた。兵士をよく知る者が見たら、まず装備の異常さに

気がついたであろう。

全員、ヘルメットと最新型の機械戦闘服《メカニック・ウェア》も異様なら、三ミリ徹甲弾《てっこうだん》七〇発と三〇ミリ・ロケット弾二〇発を装填《そうてん》した発射筒《ランチャー》付属の複合特殊《モジュラー》ライフルは、あまりに危険ということで、一昨年廃棄《はいき》が決定したはずだ。

「ガーニー、コルベ、情けないことを言うな」

叱責《しっせき》の声は、このミッションの部隊長アーノルド少尉《しょうい》のものである。

「おれたちは戦えばいい。だが、あの坊さんたちは、それをさせないため、着陸まで眠ることもできんのだ」

イエッサーと返し、全員の眼は貨物室の前で何やら数珠《じゅず》らしきものを嚙《か》み合わせ、経文らしきものを唱《とな》えている三つの黒衣《こくい》姿に注《そそ》がれた。

斉唱は一秒も熄《や》まず、世界一タフな兵士たちでさえ、これを続けてたら、こいつら一時間と保《も》たないぞと確信した。

操縦席では、主パイロットと副パイロットが、三次元レーダーと安定装置《スタビライザー》を頼りに操縦桿《かん》を操《あやつ》っていた。

速度も高度も進路も異常なしとメカが伝えている。雲もじき晴れるだろう。

不意に雲が晴れた。

二人と――少し遅れて通信係が、異様な叫びを発したのは、絶対にあり得ない光景を見たからだ。

眼下に広がるのは、海であった。まばゆいネオンの海であった。

「高度五〇〇に変化」

副パイロットが叫んだ。

まさか。機体は確かに八〇〇〇メートルを選んでいると、最新のメカが保証していたのだ。

「位置は――東京上空です」

「坊さんたち――少しおかしいぞ」

アーノルド少尉が気づいた。

「身体中《からだ》が震えてる。ブリッグス、見てこい」

兵士のひとりが立ち上がり、三人のところに向かった。

横へ廻《まわ》って、ひとりの顔を覗《のぞ》き込み、なおも奇怪な言葉を吐き続ける口に指を当て、

「隊長——呼吸をしていません」

と叫んだ。

「まさか——声は聞こえているぞ」

「わかっています。でも——三人とも死んでいます！」

「何ィ⁉」

と立ち上がりかけ、少尉は窓の外を見た。

「——まさか、ネオンの海だ」

動揺《どうよう》の風が機内を吹き荒れた。それは未知によるものではなく、既知が生じさせた一陣であった。

——やっぱり
ぐらりと機体が右へと傾《かたむ》いたとき、この意識は確信に変わった。

主パイロットは顔と胴《どう》に貫《つらぬ》くような痛みを感じていた。幻痛《げんつう》ではない。本物の痛みだ。副パイロットと通信係の視線であった。

「機長——左頬《ほお》から血が⁉」

副パイロットが眼を剝《む》いた。

「首の下からも出血です」

通信係が続けた。

二人の声の前に、主パイロットには別の確信が生まれつつあった。機体は急速に降下していく。

「この角度だと墜落《ついらく》地点は何処《どこ》だ？」

すぐに返事があった。

「〈新宿〉です」

主パイロットはすぐに判断し、口にした。

「荷物を落とせ」

抵抗の言葉が上がるかと思ったが、これも予想どおり、

「了解！」

歓喜に近い声が、副パイロットの口を割った。インカムに向かって、

「こちら機長だ。荷物を放出する。全員、身体を固定しろ」

間髪《かんはつ》容れず、

「現在〈新宿〉上空」

「貨物室デッキ開け」

そして、たったひとつの荷物は、開いた床から落下していった。

吹きすさぶ風に翻弄《ほんろう》もされず、石のように目標を定めて。

〈魔界都市〝新宿〟〉へ。


上空三五〇メートルで放棄《ほうき》された物体と、その後を追うように墜落した米軍機の件は、その日のうちに〈新宿〉の話題となり、ニュース映像や目撃者の話をSNSでキャッチした連中が、猛スピードで落下地点と思《おぼ》しい場所へ突進した。この場合、ドローンは役に立たない。たちまち撃《う》ち落とされてしまうからだ。


「やっぱり〈亀裂〉ですね」

食い入るように、PC《パソコン》のスクリーンを見つめていたアルバイトの娘に、

「へえ」

と秋《あき》せつらは応じた。

珍しく、彼は店の奥の八畳間にいた。ここも仕事場で、円筒《シリンダー》型のせんべい焼き器が備わっている。

電熱化された円筒には、しけったせんべいが貼《は》りつけられ、乾くと次々に、下の箱に落ちてくる。放っておいてもいいのだが、今日はせつらが長箸《ながばし》で一枚一枚チェックし、剝《は》がしては箱へ入れていく。

「凄《すご》いんですよ」

八畳間の上がり口に腰を下ろした娘が、思わずふり向いて、もろ見てしまい、たちまち恍惚《こうこつ》と化し

た。

〈秋せんべい店〉では、店主の顔を見てはならないのだ。

「ふむふむ」

とせつらはつぶやき、手にしたばかりの一枚をパリンと折って、半分を嚙み砕《くだ》きはじめた。

「焼きが甘いなあ――メカがイカれたかな」

「あのお」

一分ほどして、娘がうっとりしながらも声をかけてきた。

「ん？」

娘は眼を閉じて、

「あの――このお店、看板に偽《いつわ》りありだと思うんですけど」

「何が？」

せつらは怒ったふうもない。

「外の貼り紙に、手焼きって書いてありますよね」

「うん」

「それって、機械で焼いてちゃいけないんじゃありませんか？」

「………」

「手で焼くから手焼きであって、機械に任《まか》せちゃ」

「すると」

「七輪に炭をおこして、網の上で一枚一枚焼き上げるべきです。でなけりゃ、手焼きとは言えません」

「しかし」

「わかってます。それじゃあ大量生産ができませんよね。ですから、値段を上げましょう。大丈夫。店長の決定だといえば、厚焼一〇枚袋が一万円でも、蜜《みつ》に群れる蟻《あり》みたいにお客は付きますよ。いちにち五〇〇万――プラス〈新宿〉内だけでもＳＮＳで販売すれば一〇〇〇万――計一五〇〇万。月に四億五〇〇〇万――きゃあ、凄いわ」

興奮のあまり、自分を抱きしめる娘へ、

「君は商売向きだ」

とせつらは言った。褒《ほ》め言葉と取った娘は、ます

ます身体をよじって、

「あら、そうかしら」

「けど、獲《と》らぬ狸《たぬき》の皮算用《かわざんよう》」

「それも考えました。ですから、とどめの秘策があります」

「ヒサク」

「知りたいですか？」

娘は変な眼つきでせつらを見た。

「うん」

「じゃあ、教えてあげます。店長のブロマイドをつけるんです」

「………………」

「心配いりません。写真は私が撮ります。ヘンなポーズつけるより、そうやって、おせんべい焼いてるようなスナップがいいなあ」

「勝手に決めるな」

娘は眼を細めてから、せつらに、ちょっとと手を動かし、そっと近寄って、

「ひと袋五万円、いけますよ」

「いい加減にしろ」

「でもお」

「廃案」

「あーあ」

娘はがっくりと肩を落とし、

「いいアイディアだと思ったんだけどなあ。お客をだますより」

「馘《くび》」

「ちょっとお」

娘が抗議したとき、玄関にさす午後の光が人型に翳《かげ》った。

「お客だわ——店長、早くあっち行って」

娘が素早《すばや》く障子《しょうじ》を閉める間に、人影も入って来た。

娘は息を呑んだ。浅黒い肌に大きな眼が美しい途方もない美女である。〈魔界都市〉といえども、匹敵《ひってき》するのは、二人しかいまい。しかし、その格好は

——首から下は、灰色の包帯に巻かれているではないか。

「この家の主人はいるか？」

やや発音がおかしいが、流暢《りゅうちょう》といえる言葉であった。

何処のお偉いさんよと言いたくなるような口調だが、美貌《びぼう》が、それも忘れさせた。

「あの——奥に……」

その横で風が動き、障子が開いた。

一〇畳間へ入って、美女は足を止めた。

奥は床《とこ》の間になっている。その前に、せつらが立っていた。

陽《ひ》の高い午後であった。

もしも、いまここを覗いたものがいれば、和室全体が朧《おぼろ》にかすんで見えたかもしれない。

美しさゆえに。

「どなた？」

せつらの問う声は、いつもどおり茫洋《ぼうよう》たるものだ。美女の顔へ、

「エジプトの方？」

「名はミスティと言う。おまえを捜《さが》しに来た」

「人捜し屋《マン・サーチャー》だけど」

「おまえは、わらわの愛《いと》しい男の宿敵であった。今ここで息の根を止めてくれる」

「はあ」

と言ったきり、その理由も訊《き》こうとはしない。やはり秋せつらだ。彼はうつむいた。

女もまた、その反応を怪《あや》しみもせず、右手を額《ひたい》に当てた。

襟元《えりもと》から灰色の布が、せつらへ流れ寄っていった。女の身体を覆《おお》う包帯だ。

それがせつらの胸に触れる寸前、美女——ミスティは驚きの眼を見開いた。

せつらが顔を上げたのだ。変わらぬ美貌を。いや——違う。

「お——おまえは？　まさか……」

その頭頂から股間まで、ひとすじの線が走った。

線は朱色であった。

「私と会ったな」

と秋せつらは言った。

ミスティは自身を抱きしめた。

線は消滅した。

「時期尚早《しょうそう》であったな」

無表情な顔と声であった。

「断わっておこう。おまえを狙《ねら》うのは、わらわひとりにあらず。五人の下僕《げぼく》もじゃ。また、会おう」

一瞬の戦いの凄絶《せいぜつ》さを忘れたかのように、美女は背を向け、開け放した障子の向こうに消えた。

裏のガラス戸が閉まってから、

「店長」

娘が蒼白《そうはく》の顔を出した。

「あの女《ひと》――何ですか？」

「宿敵の彼女」

せつらを見てしまった娘は、やはり恍惚としていた。だが、その対象の玲瓏《れいろう》たる美の中に、初めて、不安に近い翳を認めたのも確かだった。

2

「それは面白い」

青い光に満ちた〈院長室〉の黒檀《こくたん》のデスクの向こうで、白い医師はそう応じた。

「何が？」

とせつら。売り言葉に買い言葉というが、この二人のやり取りほどそれに適《かな》ったものはないだろう。そして聞く者がいても、誰ひとりその内容を記憶してはいまい。見惚《みと》れてしまうのだ。それでも彼らを知る人々は、魂《たましい》の叫びのように願わずにはいられない。この二人の会話が聞きたいと。

「主題《テーマ》は転生だな。古代エジプトで信じられていた魂の移し替えだ。この街なら別に不可思議《ふかしぎ》な出来事ではあるまい」

「他に五人いるそうだ」

「ふむ。今のところは、自分の前世も知らずに、〈区民〉として平凡な人生を送っているのだろうが――女王とやらが眼醒《めざ》めた以上、彼らの覚醒《かくせい》も遠くはあるまいな」

「女親分の名前はミスティだ」

せつらは事もなげに言った。メフィストの眼が光るとは思わなかったらしい。

「天下の一大事かな」

「ミスティが甦《よみがえ》ったか。いつかは、こんな日が来ると思っていたが」

「危《やば》い？」

「生命《いのち》に関わる」

「あれれ」

と応じて、せつらは沈黙した。メフィストの口調に含まれた余韻《よいん》を感じ取ったのである。それは恐るべきものであった。

「ミスティという名の女王は、エジプト王朝に存在しない。つまり、君を襲ったのは、存在しない存在なのだ」

「訳のわからないことを」

せつらは、のんびりと咎《とが》めた。

「怪《あや》しいとは思っていた。古代エジプトの女王が、なぜ日本語がしゃべれるんだ？」

「ここは〈新宿〉だ」

とメフィストは答えた。

「恐らくは精神感応《テレパシー》の思念を、脳の言語領域で言葉に変えるのだ」

「ふむふむ」

「真剣さが足りんな」

「とんでもない。大いに参考になったよ。それで、あの女はなぜ僕を狙う？」

「それは未知の領域だ。お望みとあれば、過去遡行《そこう》を試してみてもいいが、それには少々リスクが伴《ともな》う」

この医師が少々と口にするときは、無限大の意味に等しい。

「やめた」

せつらはあっさりと言った。こちらも相手の都合など気にもしていない。

「承知した」

とメフィストは返した。

「次のご相談」

せつらは、右手を、メフィストの顔前で広げた。

「彼女の家来が五人、〈新宿〉にいる。どうやって見分けたらいい？」

「覚醒のときが来るまでは如何《いかん》ともし難《がた》い。どんな検査をしても、現在ある存在として認知される」

小さく、役立たず、とつぶやいてから、

「ここの患者がそうだという可能性もある？」

「僕などと恥ずかしげもなく口にしているから、頭が鈍《にぶ》るのだ。今の質問の答えは、常識の枠《わく》内だ」

「へいへい」

せつらはそっぽを向いて、

「では」

「待ちたまえ」

とメフィストは声をかけた。

「おや」

「話に出た五人——全員は無理だが、ひとりくらいなら素性《すじょう》がわかるかもしれん」

せつらは向き直って、

「遡行《そこう》室へ？」

「ここで」

「ほお」

メフィストは、後方の本棚に歩み寄ると、古臭いスケッチブックを抜き出し、黒檀の大テーブルに開いて載せた。

「絵も描くか——しかし、後にしたら」

その眼がさらに細まった。メフィストが、デスクの上のインク瓶《びん》に鵞鳥《がちょう》の羽ペンを差し込んだのである。

メフィストは考えるふうもなく、スケッチブックに縦横《たてよこ》二本の線を引いた。寸分の狂いもなく画用紙の中心を通るものであった。彼は両眼を閉じていた。

せつらは、さして関心があるふうでもなく、その手もとに視線を注いでいた。

一瞬、肘《ひじ》から先が消えたように思えた。

「よし」

メフィストはうなずいて、画用紙を取り上げた。両手をのばして一瞥《いちべつ》し、

「ほら」

とせつらに向けた。

四分割された画面の右上半分には、若い女の顔正面が、下半分には後頭部が、左上半分には右横顔が、下半分には左が描かれていた。それは消失した右手とペンが一瞬間に描いたものとは到底《とうてい》考えられぬ精緻《せいち》巧妙なものであった。豊かな髪が波打っているようにせつらには思えた。

「受付で見せて住所を教えてもらいたまえ」

「はあ」

画用紙を受け取って丸め、せつらは〈院長室〉を出た。

受付へ行くと、係の娘が頬を染めて、メモを手渡した。

安藤《あんどう》ヤスナ　二七歳

「凶乱座《きょうらんざ》」のアクロバット芸人

住所は自宅と「凶乱座」のものが記《しる》してあった。ご丁寧《ていねい》に、出演予定日と時間まで加えてある。

メフィストはどうやってこの情報を入手したのか。せつらは関心のかけらもないふうに、

「ありがとう」

と言った。

抑揚《よくよう》のない礼は、勿論《もちろん》お義理だが、立ち上がっていた娘はよろめいて、可愛《かわい》らしい尻から椅子《いす》に落ちた。他の係員から嫉妬《しっと》と侮蔑《ぶべつ》の視線が集中する。

せつらが目的地――〈四谷《よつや》三丁目〉に着いたのは二〇分を過ぎた頃であった。

小さな飲み屋やレストランともいえぬ食堂が並んでいる一角に「凶乱座」はあった。安藤ヤスナの出番は今日の午後二時から。あと一五分ほどだ。

いわゆるショー・パブ――小さなステージでのショーを楽しみながら、一杯やる店だが、地下への出入口には人垣が出来ていた。小さなプレートに、
本日の出演
軟体《なんたい》人間　ヤスナ
とあった。写真もついていないが、客たちの眼はどれも好色な光を放っていた。

「失礼」

人垣を割って入ると、たちまち憎悪の視線が集中し、すぐにとろけてしまった。

一五段下りて、小さなドアを押した。ねっとりしたBGMが耳から脳へと忍び入って来る。

天井に明かり取りの窓があるきりで照明もついていない店内は、薄闇《うすやみ》の棲家《すみか》であった。

奥のドアから二人の店員ふうが現われ、たちまち溶けた。若いほうが、

「まだ入っちゃ……いけません」

もうひとりもうなずいたが、せつらを見てしまった髭面《ひげづら》は、アイドルを眼の前にしたストーカーのようだ。

「人捜し屋です」

とせつらは言った。

「何だか知らんが、開場はまだだ」

と髭面が呻《うめ》くように、これでも仕事を全《まっと》うしようと努めた。

「出てってくれ」

二人で詰め寄ったところへ、

「ひょっとして――秋せつらさん？」

狭い円型ステージから、途方もなく色っぽい声がかかった。

せつらが気づいていたかどうか。生《なま》っ白《ちろ》い全裸の女が横たわっていたのである。

「噂《うわさ》はかねがね——ひと目会いたいと思っていたのよ。光栄だわ」

白い手が男たちが出て来たドアの方へ小さく二度ふられた。行っちまえの合図だ。

舞台とせつらの方をちら見しながら、二人は渋々と歩き去った。

「美しい男って大したものね。あの二人——私の心配より、あなたに未練たっぷりだったわよ」

女はうつ伏せ、組んだ両手の上に顎《あご》を乗せていた。

声と同じ白い顔が、妖《あや》しく笑っている。男たちほどではないが、イカれかかっているのは間違いない。

「ああ」

と呻いて視線を落とした。

「まさか、あたしのファンじゃないわよね？」

「残念」

「まあ、とぼけてる割に、ずばりと女ごころを傷つけること——で、何の御用？」

「出身はどちら？」

「北海道よ。小樽《おたる》」

「入院してもらえませんか？」

いくらのんびりでも、こう訊かれたら、となる。

「え？」

「それが最良の方法です」

「何のために？」

「あなたが——」

「——別人になる前に？」

ヤスナの顔がぐいと上がった。その眼は血光《けっこう》を放っていた。

身体が発条《ばね》のようにしなって、躍《おど》りかかって来るのを、せつらは間一髪《かんいっぱつ》、天井への跳躍《ちょうやく》で躱《かわ》した。

「邪魔者め」

ヤスナだった生き物の声が追って来た。

「ミスティ様の想い人の仇《かたき》、ここで私が討《う》ってくれる」

ヤスナが地上で右手をふった。

それは触手のように伸びて、せつらの胴に巻きついた。その半《なか》ばに赤いすじが走り、空《むな》しく二つに裂《さ》ける――だが、妖糸《ようし》の裂いた傷口は、たちまちふさがったではないか。

「おかしな技を使うわね。でも、ずっと昔に一度見たことがあるわ。あの首斬り役人もいい男だったわよ」

ぎゅうと胴は締《し》められた。

「――何年前？」

せつらはどこか苦しげに訊いた。

「そうね――ざっと六〇〇〇年」

「なら――何でも進歩する」

ヤスナが見上げた。嘲笑を刷《は》いた顔に、驚きの翳が広がった。せつらの言葉の意味を理解したのである。

「首斬りの技もね」

せつらが妖糸をどう操《あやつ》ったのかはわからない。

空中を光めいたひと筋が一閃《いっせん》した。

ヤスナは立ち尽くした。そこに首はなかった。

切り離された首はドアの方へと走った。その寸前、絶妙のタイミングでドアはノックされ、開いたのである。

「うわっ⁉」

と叫んでのけぞったマネージャーか何かの顔前をかすめて、生首は廊下を走り、数メートル先の、小道具らしい黄金《きん》色の台座に落ちた。

驚愕《きょうがく》の表情は、みるみる死相に変わった。

倒れた拍子《ひょうし》に、頭を打ちつけたらしく、床で失神した男のかたわらをせつらは通り過ぎた。

「後はよろしく」

とつぶやいて、台座に乗ったヤスナの首を、髪を摑《つか》んで持ち上げ、コートの内側に隠して、歩き出した。

〈メフィスト病院〉へ到着したのは、空中飛行の成果――二分後のことであった。

さらに、五分後、

「来たまえ」

メフィストに促《うなが》されて、せつらは外科棟の一室へ入った。

白い台の上に、腰部から上の人体が乗っている。豊かな乳房《ちぶさ》を見るまでもなく女性だ。そして、二人を迎えた首はヤスナのものであった。接合部は見当たらない。〈魔界医師〉の手練《しゅれん》だ。

「身動きはできん。好きに尋問するがいい」

こう言って、メフィストは出て行った。

「どーも」

この状況にはおよそ似つかわしくない挨拶《あいさつ》であった。

女の首も苦笑を浮かべた。

「あの首斬り役人も遣《つか》い手だった。美しい男には用心しなくちゃね」

「はは――で、君たちの女王様は何処にいる?」

「言うと思う?」

「いや」

「なら無駄な真似《まね》はやめて、さっさと殺しなさいな」

「それもねえ」

さすがに、はいそうですかとはやりにくい。

「仕様がない」

天井を見上げて、

「自白処置を」

と言った。

この恐るべき医院でも、せつらの――あくまでも院長の庇護《ひご》の下《もと》だが――権威は絶大なのか、天井の何処からか、

「了解」

電子音声が応じた。ひと呼吸の後、ヤスナの顔か

ら、すうと表情が引いていった。

3

「古い人間にも現代の治療は効くか」

せつらがつぶやいた。

「質問をどうぞ」

天の声が告げた。

まだ無表情のヤスナへ、

「女王の下僕は、あと四人いる。彼らの現在の名前と住所を教えたまえ」

すぐに効果があると期待していたわけではないが、ヤスナが即座に、

「知らない」

と応じても、せつらはさして驚いたふうもなく、

「考える」

ヤスナの顔が歪《ゆが》んだ。苦悶《くもん》の表情が支配する。

眼も鼻も唇も――あらゆる造作《ぞうさく》が肥満する肉の中に埋没していくではないか。

せつらの頭の中に、凄《すさ》まじい怨嗟《えんさ》の熱声が響き渡った。

「時間は……おまえを許さぬ……ぞ……美しい男……よ」

せつらは頭を軽くこづいて、

「怨《うら》むより協力しよう」

と言った。

その瞳の中で、女の顔はすでに白い肉に埋もれた眼球と化し、

「やや」

とせつらが大きくとびのいた刹那《せつな》、一気に限界まで空気を吹きこんだバルーンのように爆発した。

その寸前、

「女王様のために――永劫《えいごう》にお護りつかまつる！」

とせつらの耳は聞いた。

だが、それは終わりの挨拶ではなかった。床に壁にメカに貼りついた血肉片《ちにくへん》が、妖しく息づきはじめ

たのだ。

次々に床に落ちる白い肉片は、出産中の女体のように蠢《うごめ》き、ねじれ、わななきつつ、大きく太くなっていった。

そして、あるものは床を這《は》い、あるものは直立して尺取《しやくと》り虫のごとく、せつら目がけて前進しはじめたではないか。

女王を護る――これが誓いの証《あかし》なのか。

「やれやれ」

せつらは天井をふり仰《あお》いで、

「どうしよう？」

と訊いた。他人の力を当てにできる場合は、ためらわないらしい。

「部屋を出てください」

「すぐにはちょっと」

「――では、眼を閉じていてください」

「最初からそう言ってくれ」

と返したとき、奇怪な肉たちは足下《あしもと》と眼前に迫《せま》っていた。

その気配が急に消えたのは、眼を閉じた瞬間だった。

「もう開いて結構です」

声は、何ひとつ異常のない室内に広がった。

「残念だったな」

冷ややかな美声にふり返るまでもなく、戸口に立っているのは白い医師であった。

「さすが古代の戦士だ。殺されても主人《あるじ》は裏切らぬな」

「誠実なお方」

とせつらが口にしたのは、冗談のつもりだったのか。古代戦士の魂を賭《か》けた忠義も、この茫洋たる若者には、揶揄《やゆ》の対象でしかないのかもしれない。

「これで手づまり」

とつけ加えたのも、全く同じ口調だった。

「当面はやむを得んな」

メフィストはじっとせつらを見て、

「護衛は護る者の近くにいるものだ。いなければ寄ってくる」

「ふむふむ――〈亀裂〉に入れと」

「嫌ならやめたまえ」

「ご忠告ありがとう」

　せつらは軽く頭を下げて、メフィストを残したまま部屋を出た。


〈四谷ゲート〉近くの〈亀裂エレベーター〉の前で、タクシーを降りた。

　目下、二〇基のエレベーターの前には規制テープが貼られ、警官が睨《にら》みを利《き》かせている。奥のオフィスへ向かった。

　顔を出しただけで、中の者が恍惚と溶ける中、会《え》釈《しゃく》だけして、所長室へ入った。

「おや、これは――久しぶりの遺跡探訪かな。今度は誰が逃げ込んだ?」

　職員と同じ作業服姿の所長は、咄嗟《とっさ》に眼を閉じて訊いた。せつら魔法《マジック》を逃れる唯一の方法である。

「輸送機に知り合いが乗っていた」

　とせつらは嘘《うそ》をついた。

「それはお気の毒に」

　と所長は肩をすくめ、

「下りても見つからんよ」

　投げやりに言った。

〈亀裂〉への落下物のほとんどが行方不明なのは、〈区内〉〈区外〉を通じての常識だ。

〈魔震〉から二カ月後、〈区外〉のクレーン車が四台続けて、引き込まれるように裂け目に消えたのが、消失事件の始まりであった。

〈区外〉と〈区内〉の総力を上げての捜索にもかかわらず、乗員どころかクレーン車一台発見できなかったのである。以後、〈亀裂〉へ身を投じた人間もその他も、みな地底の闇に吸い込まれるのが常識となっている。

「しかし、まあ」

半ばやけくそ気味に、

「〈新宿〉一の人捜し屋なら、見つけ出せるかもしらん。実績もあることだ。下りるなら、いつでも許可証を出そう」

「どーも」

こうして、せつらは五分と経《た》たぬうちに、エレベーターに乗っていた。

二人同乗者がいた。新たに加わる捜索チームのメンバーだ。ごつい防禦服《ぼうぎょ》と呼吸装置《ブレス・マシン》に身を包んで、レーザー・ガンをぶら下げている。

「しかし、米軍の輸送機だぜ。これが丸ごと消えちまったって、どういうことだい？」

年配らしい声が不満げに広がり、

「それどころか、捜索隊のほうにも行方不明が出てるってよ——一体、なに積んでたんだ？」

若い声が応じた。

「上じゃ、あと三〇人は必要だと言ってるよな」

年配がレーザーを構えて、せつらに顔を向けた。

「あんた——人捜し屋さんだよな。おれたちが消える前に、見つけてくれよ」

「そうそう。おれはふた月前に結婚したばかりでさ。何故《なぜ》か子供はいないけどな」

二人は虚《うつ》ろな声で笑った。目的地は猛スピードで近づきつつあった。

降下メーターを見ていた若いほうが、

「あと五〇——着いた」

同時に、エレベーターは停《と》まった。

地下五〇〇〇メートル——エレベーターが辿り着ける最下降地点だ。

まず二人が、それからせつらが降りた。二人と同じ服装《いでたち》の捜索隊員が三名、これもレーザーを手に待ち受けていた。

二人がチェックを受けている間に、ひとりがせつらの前へ来て、片手を差し出した。

「米軍用機捜索隊の指揮官・近藤《こんどう》中尉です」

「自衛隊？」

「左様《さよう》、米軍も加わっています」

一民間人に丁寧な物言いは、〈区長〉から所長へ連絡が行ったものだろう。

「〈区〉の捜索隊はなし？」

「米軍からの要求があったそうです」

「見返りが大変だ」

〈新宿〉との折衝《せっしょう》を経験したことがあるのか、近藤中尉は苦笑を浮かべた。自国だろうと他国だろうと、〈区外〉の連中が公的にうろつくのを、〈新宿区役所〉は無料で許可などしない。

〈亀裂〉内での捜索は、〈新宿区〉と〈区外〉の担当部署が行なうが、情報量と慣れでは〈区〉に万倍の分《ぶ》があるため、捜索は自然に〈区〉へ依頼されることになる。

この場合も有料だが、〈区外〉の者たちのみが関わるとなれば、〈区〉は途方もなく高額の捜索許諾料を要求する。いわゆる領土侵犯《しんぱん》に当たるからだ。その金額を想像して、せつらは軽く肩をすくめた。

近藤も引っかかっているらしく、

「億を超えるらしいですな」

と自衛隊らしくもなく、胸中を吐露《とろ》した。

「強欲者《ごうよく》」

せつらのひとことに含まれた悪意は言うまでもあるまい。

コートを通して冷気が忍び寄って来た。水に漬けたような空気のせいで、肺にはじき水が溜《た》まるだろう。

「防寒コートはいかがです？」

近藤が訊いた。気配りの男らしい。上司が梶原《かじわら》〈区長〉から何か言われているのかも知れなかった。

「いや。それより――」

「未発見です。落下地点はじきですが、機体の破片も見つかっておりません」

声は疑念の塊《かたまり》だが、せつらは少しも気にしないふうで、

「おかしいな」

と言った。

「何か？」

「地層が石に変わってる」

近藤は鋭《するど》く変わった眼差《まなざ》しを四方へふり撒《ま》いた。

「確かに――石だ。いつの間に？」

「来た」

「何が、です？」

「エジプトといえばピラミッド――ピラミッドといえば石。歴代の王の墓も、女王の柩《ひつぎ》も石棺《せっかん》」

「だから、地層が石に――？　まさか」

無邪気とさえ言える驚愕の表情に、

「若い」

とずっと年下のせつらが言い放った。〈新宿〉のことを何も知らないという意味だ。

近藤もすぐ理解したらしく、

「正直、〈新宿〉へ入るのは初めてです。ひとつよろしく」

生真面目《きまじめ》と悪戯《いたずら》が半々くらいの敬礼を送って来た。

　エレベーターを降りたときから見えていた照明光が大きく多くなった。自動銃や探査装置を抱えた人影が、せつらの前後左右を流れていく。

　広場へ出た。

　テントやプレハブが幾棟《いくむね》も並んでいる。どの天井からもパラボラ・アンテナが見えたが、これは無用の長物《ちょうぶつ》である。〈区外〉との通信は不可能なのだ。

　地図を手に、奥の闇を覗いていた隊員が二人に気づいて、敬礼を送って来た。

「捜索班副長の鍋島《なべしま》少尉です」

と近藤が紹介した。

　せつらは小さく、にゃんと言ってから名乗った。

　にゃんは鍋島の怪猫《かいびょう》伝説にひっかけたジョークのつもりだろう。

「で、どうだ？」

　訊かれて鍋島は、近くのテーブル上に、ノートパソコンを広げている男たちを見た。

「まだ発見できません」

「墜落地点はこの真上だな？」

「間違いありません。羽田《はねだ》のレーダーも、厚木《あつぎ》のも、この上が消失点と記録しております」

「しかし――見つからん」

「はっ。やはり〈魔界都市〉です。何とも判断がつきません」

二人は、ちらとせつらへ視線をとばした。世にも美しい若者は、照明灯を向けられた闇の奥を見つめていた。

不意に、彼は鍋島少尉に近づき、手にしたトランシーバーを奪《うば》い取った。

「全員、撤退！」

と命じた。

「――何を⁉」

取られた者は勿論、近藤まで怒りの表情に変わった。


捜索班の一〇名は、広場に設《もう》けられた臨時基地から八〇〇メートルほど前方にいた。

前方といっても、視界も磁石《じしゃく》も役に立たない。闇と電磁波が邪魔するからだ。

急に二、三十メートルほど前方で交差する光が、針金のように痩《や》せこけた人影を浮かび上がらせた。

「人影発見！」

先頭のひとりが叫んだ。

口元のマイクから基地にも通じたはずだ。

だが、喜びと興奮はたちまち驚きと不安に変わった。

光の中に浮かび上がったのは、痩せているのも当然の存在であった。

頭から爪先《つまさき》まで包帯で巻かれたミイラではないか⁉

第二章　住所不定／職業・女王

1

「ほほお」

と近藤が唸《うな》った。声に怯《おび》えはない。〈区外〉の人間の反応としては大したものだった。

「目標確認」

先頭の隊員が、自動銃を構えた。後方の二人も前に出る。ひとりは火炎放射銃だ。銃本体に高圧テルミット液のボンベを付属させた簡易型で、連続放射は五分が限度だが、射程距離は一〇〇メートルを超す。

「まだ射《う》つな」

と近藤が鋭く命じた。せつらをちら見して、

「ここはお任せを」

と告げた。

「いいけど」

せつらも余計な労働はしたくない。

「小日向《こびなた》、麻酔銃《パラライザー》を使え」

近藤の指示で、先頭の隊員が自動銃を左手に持ち替え、右手で腰の後ろに装着したホルスターから、自衛隊には珍しいスマートな武器を抜いた。

銃口を向けると同時に、包帯姿が動き出した。

隊員のヘルメットに取りつけた照明灯からの光は、強力なだけに却《かえ》って、暗黒を背負《せお》った姿を不気味に見せていた。

「止まれ」

と先頭の隊員が命じた。

近づいて来る。

首のあたりに、手首のあたりに、たわめた包帯をゆらしながら。

「射て」

近藤の指示より早く、麻酔銃が低く鳴った。指向性音波は神経叢《そう》を直撃して、全身麻痺《まひ》を生じさせる。

歩みは止まらなかった。

ひゅるひゅると首のあたりから包帯が流れて、麻酔銃を持った隊員の首に巻きついた。

ぎゅっと縮《ちぢ》んだ。隊員の首は子供でも握れる太さに変わり、口腔《こうこう》から蛙《かえる》の鳴き声みたいな声が噴出した。

「うわわ」

火炎放射銃を構えた隊員が、新たに流れて来た包帯から後退しつつ、引金《トリガー》を引いた。

地下五〇〇〇メートルの通路は、火炎地獄と化した。炎の勢いで包帯人間はよろめいた。

「やった」

と隊員が呻《うめ》いたのは当然だ。

だが、その胸もとに炎の布が伸びて来た。

こちらは胸部であった。ぼきぼきと肋骨《ろっこつ》の砕《くだ》ける響きに後押しされたかのように、燃える布は隊員の胸にめりこんだ。

「これは――」

近藤の声がせつらの鼓膜《こまく》に届いた。

「化物《モンスター》め――下がれ」

残る二人が後退し、近藤が前に出た。拳銃も手にしていない。

どのように対処するのか、せつらも大いに関心があったろう。だが、それは満たされなかった。

なおも前進を続ける炎塊《えんかい》が、石にでもつまずいたのか、バランスを崩したのだ。崩れた姿勢は戻らず、そのまま前にのめり――地面に倒れた瞬間、それは燃え尽きかけた包帯の広がりと化した。

「中身はどうした」

隊員のひとりが呆然《ぼうぜん》と呻いた。

「ご見解は?」

近藤がせつらに眼をやった。さすがに驚愕《きょうがく》と――とりあえずの任務に失敗した慚愧《ざんき》の念が濃い。

「さっぱり」

とせつらは彼らしい返事で、近藤を苦笑させた。

「この街ではよくあることですかな」

「そうそう」

ふざけた回答にも、近藤は怒りを示さなかった。せつらの美しさもあるが、何となくそうなってしまうのだ。一種の人徳かもしれない。

「この後は？」

「我々の任務はミイラの回収です。それを果たすまでは撤収しかねます」

「中身は多分――〈新宿〉にいる」

せつらは頭上へ眼を向けた。

二〇〇メートルにわたる〈亀裂〉の光もここには届かない。

「出たくもなるか」

「は？」

「後は〈警察〉に任《まか》せたら」

「――それはできません」

「ここは〈魔界都市〉」

「覚悟はしています」

異様な臭気と炎の名残《なご》りが漂《ただよ》う地の底で、男らしい声が応じた。

「では」

せつらは、踵《きびす》を返し、エレベーターの方へ歩き出した。

「ご協力感謝します」

踵《かかと》をかちりと打ちつけて敬礼を送る近藤に隊員のひとりが、

「どえらいハンサムですなあ。あれが〈魔界都市〉の住人ってやつでありますか？」

と訊《き》いた。

「何もかも不思議な土地だ。街も――人間もな」

こう言って、包帯の残骸《ざんがい》へ戻る前、近藤はもう一度、歩み去ったコート姿の方へ眼をやった。好もしげな眼差《まなざ》しであった。

もし、〈区民〉の中から無作為に人を選んで、〈新宿〉を代表する人物は誰かと訊いたら、

「それは、外谷《とや》さんだ」

と答えるであろう。

美貌《びぼう》の人捜し屋《マン・サーチャー》・秋せつらではなく。

美しき〈魔界医師〉ドクター・メフィストですらない。

混沌《こんとん》と殺戮《さつりく》と悪鬼の魔都を代表するのは、実にこの天衣無縫《てんいむほう》に太った女情報屋であった。

しかし、何故《なぜ》かと選出の理由を問われると、明快な答えを出せる者はひとりとしていない。

「腹黒」

「怪人」

「人非人《にんぴにん》」

と幾《いく》つ並べても決定打はなく、最後に、

「でぶ」

で落ち着いてしまう。これではどうしようもない。

そして妥協《だきょう》案として、

「邪悪を詰《つ》め込んだでぶ」

となるのだが、これもよくわからない。しかし、とにかく〈新宿〉の代表選手はこの女――外谷良子《よしこ》なのである。

外谷さんとその名を呼ぶとき、人は緊張し、一天にわかにかき曇《くも》り、稲妻《いなずま》が走って雷鳴が轟《とどろ》く。かたわらを通り過ぎるタクシーのはねた泥水を浴《あ》び、落ちていたバナナの皮で滑《すべ》ってこける。極端な言い方をすると、これが外谷さんだとしか言いようがない。似顔絵を描いて頂戴《ちょうだい》、と申し込まれて、よしとペンを取っても、出来た絵は手足のついた球だ。つまり、〈新宿〉の代表の顔を、誰も知らないのだ。

しかし、とにかく、外谷さんなのである。

せつらが〈亀裂〉に潜《もぐ》る前、彼女はある人物から電話を受け、そのオフィス「ぶうぶうパラダイス」ならぬ、〈歌舞伎町《かぶきちょう》〉の焼肉店「叙々苑《じょじょえん》」に赴《おもむ》いた。

十分ほど早く辿《たど》り着いたため、相手はまだ来ておらず、

「特上カルビ五人前、特上ロース五人前、特上タン五人前、残りも全部五人前」

と注文して、ぬはははと笑った。

　相手が時間どおり個室に入って来たとき、すでに焼肉の芳香が煙ごと渦《うず》を巻いていた。

「噂《うわさ》どおりの女だの」

　相手は、ひっそりと言った。浅黒い肌に大きな瞳が美しいアラブ系の美女である。全身包帯というのも奇妙だが、この街ではさしたることもない。

「あらま」

「どんどんいくがよい。わらわもそのほうが喜ばしいわ」

「は？」

　と分厚い特上タンを頬張《ほおば》りながら、眼を細めると、

「この肉は礼じゃ。おまえがすることの」

「ん？」

　外谷はさらに眼を細めたが、表情は変えず、

「で――出張料は？」

　と訊いた。事務所以外でのやり取りは基本的に認めないのである。

「いずれ支払おう。冥府《めいふ》でな」

「むう」

　と立ち上がった巨体が、たちまち元の席についた――と思うや、ごろんと横になって、喉《のど》のあたりに手を当てるや、激しく喘《あえ》ぎ出した。正直、縦でも横でも同じ身体《からだ》を痙攣《けいれん》が走る。

「どんな獣でも一分と保《も》たないテーベの鎮《しず》め毒じゃ。いつまでも安らかに眠るがよい」

　相手は立ち上がり、包帯の間から金貨とも呼べない金の札を五枚取り出して、テーブルに置いた。

　口から泡を吹く外谷を見る眼に宿る光は冷ややかであったが、何処《どこ》か愉《たの》しんでいるようにも見えた。

　相手が部屋を出て数分後、新しい山盛りの肉を運んで来た店員が異常に気づいたとき、椅子《いす》とテーブルの間に挟《はさ》まっていた肥満体は、すでに呼吸も動きも止めていた。

せつらが外谷の死を知ったのは、その夕刻の〈新宿TV〉のニュースによってであった。

「まさか」

とつぶやいたとき、家電《いえでん》が鳴った。

受話器を耳に当てた瞬間、

「はい、ぶう」

と出たのは、おふざけか、ショックのあまりの反射運動か。

相手は、来院を求めるメフィストであった。白い医師が是非《ぜひ》会いたいというのは、異例中の異例である。

「そっちが来い」

と返すと、見せたいものがあると言う。

指示された特別病棟の特別室へ行くと、一〇メートル二〇メートルの大水槽の中に、全裸の外谷が沈んでいた。

「気の毒に」

さすがに瞑目《めいもく》して片手で拝《おが》もうとするところへ、

「まだ生きている」

とメフィストが言った。

「けど」

〈新宿TV〉のニュースは、ガセネタも多いが、死亡記事はまず間違いがない。局で契約している医師が出向いて確認するからだ。

「あれは私が流したデマだ」

「おい」

医者が嘘《うそ》をつくのはいいが、メフィストはまずいだろう。

「外谷が発見される少し前に、病院全体に軽い地震が起こった。〈区〉と病院の地震計は、震度ゼロを示していた」

存在しない地震ということか。

「凶兆《きょうちょう》だとすぐにわかった。そうしたら――」

メフィストは水槽に眼をやり、小さくうなずいた。

「何だか、似合う」

とせつらは口にした。してから、しまったと思ったが、メフィストは同意した。

「故郷に帰ったようだ。この女はこうやって生まれたのかもしれんな」

「培養液《ばいよう》?」

「この星に生命が誕生したときの海水を正確に再現したものだ。そのうち違う生き物が発生し、この女を餌《えさ》に成長するかもしれんな」

「違うことを祈ろう」

「ふむ」

「ところで、何故嘘《フェイク》ニュースを?」

せつらが本題に入った。

「外谷は焼肉屋で襲われた。事が起きるのに何故かふさわしい場所だ」

せつらもしみじみとうなずいた。

メフィストは続けた。

「当院の〈救命車〉が彼女を搬送してから一〇分もたたないうちに、店はつぶれた」

「なにそれ?」

「店長も従業員も全員死亡した。原因は細菌による感染だ」

「へえ」

驚いたふうもない返事は、〈魔界都市〉の住人だからだ。

「当院の細菌センターが出動し、完璧な殺菌を行なった。今のところ、生存者はない。ひとりを除いて、な」

「ひとり」

せつらはつぶやいて、水槽に眼をやった。それから、小さく、いっぴき、いや、いっとうとつぶやいた。生存の理由はそのせいかもしれなかった。

「その菌はもはやこの世界には存在しないものだ。記録にも残っておらん」

「知ってるな」

「ツアドウサ菌といって、エジプトの古王朝より三〇〇〇年も早く暗殺に使用されていたものだ。いわば、時を超えた殺人者だ」

「犯人も知ってるな」

「そうだ。恐らく〈新宿〉にいる。外谷を狙《ねら》ったのがその理由だ。潜伏先を隠蔽《いんぺい》するためだろう」

「〈新宿〉に詳《くわ》しい」

　ミイラのくせに、という言葉は呑《の》み込んだ。

「超古代については分からぬことが多すぎる。その記憶力についてもな。強力な精神感応《テレパシー》の持ち主なら、相手の思考だけではなく、脳の全記憶をも我が物にできるだろう」

「ふむ」

「この件は、私が依頼人になる」

とメフィストは言った。

　せつらの眼が光った。メフィストの依頼はこれまで何度か受けている。だが、一瞬にして消滅した眼光が、これは違うと告げていた。

「犯人に心当たりがある」

　相も変わらぬ春風駘蕩《しゅんぷうたいとう》たる物言いだが、実は苛《か》烈《れつ》な断定だ。

「当院のスタッフも全面的に協力させる。一刻も早く〝紅《あか》い女王〟を捜し出してもらいたい」

　せつらは片手を上げた。それから、

「ひょっとして――知り合い？」

と訊いた。

「国の名前もまだなかった大砂漠の廃墟《はいきょ》に彫《ほ》られていた人外の文字によって、な」

「へえ」

　せつらは感心してみせてから、

「翻訳したら？」

「私が読み終えた瞬間に廃墟ごと崩壊してしまった」

　せつらは指でこめかみをつついた。

「記憶があるんじゃ？」

「外へ出せん」

「は？」

「私の記憶の中にある、ある部分は外部へ表現することができん。言葉にもならぬし、書き出すのも不可能だ」

せつらは沈黙した。〈魔界医師〉が、自分の脳さえ自由に操《あやつ》れぬとは。そうさせた相手こそ、せつらが遭遇せねばならぬ当人であった。

もう一度、水槽の中の外谷を見上げて、

「ま、他にも情報屋はいるし」

と、珍しい述懐《じゅつかい》を口にした。

2

〈メフィスト病院〉を出た足で、せつらは〈山吹《やまぶき》町《ちょう》〉にある稟蒼阿《りんそうあ》のマンションを訪れた。

エントランスへ入るドアは防弾ガラスで、IDナンバーとキーを必要とする。

外部からの訪問者は、ドア横のインターフォンで訪問先に連絡し、開けてもらうのが常道《じょうどう》だ。

連絡の手間を省《はぶ》いて、せつらはエントランスへ入り、エレベーターで四階へ上がった。

エレベーターを降り、何度か訪れたドアの方を向いたとき、軽い胸騒《むなさわ》ぎがせつらを捉《とら》えた。

稟の部屋のドアは閉じていた。チャイムを鳴らしても応答はない。開けるのは妖糸《ようし》ひとすじで足りる。錠内に仕込まれた高圧電流の放射装置を避けつつロックを外し、二秒とかけずに内部《なか》へ入った。

6LDKのスペースを誇る豪華な室内は静まり返っていた。

三和土《たたき》から床に小さな砂の靴痕《くつあと》が廊下奥へと続き、戻っていた。

行く先は稟の仕事場だった。

「失礼」

土足で上がり込み、せつらは妖糸で目的地のドアノブを廻《まわ》した。やはり仕かけてあった高圧電流と催涙ガス発生装置を妖糸で潜《くぐ》り抜ける。

本とDVDで埋められた書架でいっぱいの壁が途切れる窓の前に、オート・デスクが置かれ、稟はこちらに背を向けて椅子にもたれていた。

下ろしたシェードの隙間《すきま》から光が洩《も》れてはいるが、室内を占《し》めるのは薄闇であった。

妖糸を放つ前に、予感はあった。千分の一ミクロン——重さを持たぬ妖糸が肩に触れた途端、稟は崩れた。正《まさ》しく崩壊したのである。せつらに伝わる手応《てごた》えは砂であった。

コンピューター制御《せいぎょ》のエンジンをつけたオート・チェアの上に、服と砂の山だけを残して、〈新宿〉第二の情報屋はその姿を消していたのである。自らが砂と化して。

湿った砂ではない。燦然《さんぜん》たる陽光の下で風に舞う乾いた砂漠の砂だ。熱い女体に垂《た》らせば、一瞬の停滞もなく滑《すべ》り落ちるだろう。

「〈新宿〉の情報屋が皆殺しに」

せつらは、新聞の見出しでも読むようにつぶやいた。

自分を撮影したカメラの記憶装置をすべて破壊してから、せつらはマンションを出た。

残る四人の下僕《げぼく》のうちのひとりの仕業《しわざ》としか考えられない。稟が自室に張り巡らせておいた防御設備に働く機会も与えず、持ち主を抹殺《まっさつ》したのがその証拠だ。

「危《やば》いな」

珍しくこんなひとことを洩らしたのは、のんびりのほほんとしか思えない雰囲気の中で、正確に状況を判断している証拠だった。

「獅子身中《しししんちゅう》の敵か」

〈新宿〉に暮らしながら、〈新宿〉に仇《あだ》なす者が今回の敵であった。

——ミスティ
とせつらは胸の中でごちた。英語で霧の中。その出自は、超古代——人が字も歴史も持たずに青いアフリカの月の下をうろつき廻っていた頃だろう。

「三人目は誰だ?」

ナンバー3――阿茶《あちゃ》ダレスは健在であった。

〈新大久保《しんおおくぼ》〉駅前の喫茶店「リベラル」で会った。

午後二時。阿茶は定刻どおりにやって来た。

「おれをご指名とは珍しいな。あんたの相手はあのでぶと稟じゃなかったのか?」

「ひとりは死んだ」

「ああ、聞いた。もうひとりは?」

「水槽で生きている」

「外谷だな」

「やっぱり」

わかるか、と続くのをせつらは省略した。

「ミイラの話だな」

阿茶は念を押すように言った。

「外谷、稟と来て、おれの番だ。まして、米軍の輸送機が〈亀裂〉に落っこちて、まだ自衛隊と米軍がウロウロしてる。大概《たいがい》は察しがつくぜ」

「で?」

せつらも早い。

「わからねえ」

「あ、そ」

「そう早く立つなよ」

阿茶は苦笑でせつらを止めた。

「あのミイラが〈亀裂〉の底でいなくなってから、何となくピンと来て、〈区内〉の図書館で、古代エジプト関係の本の貸し出しを当たってみたんだ」

「へえ」

せつらは坐《すわ》り直した。

「〈区立角筈《つのはず》図書館〉で、ミイラが消えた日に三冊動いてる。『古代エジプト』と『ナイルの悠久《ゆうきゅう》の謎』『ミイラ再生』だ」

「ほう」

「借り出し人は別々で『古代エジプト』が〈西新宿三丁目〉の『角筈不動産』社長の車修平《くるましゅうへい》、『ナイルの悠久の謎』が〈大京町《だいきょうちょう》〉の『黒崎《くろさき》ファイア・アームズ』店長・瀬戸《せと》たえ、『ミイラ再生』が、〈若《わか》松町《まっちょう》〉のお茶の師匠・閣座《かくざ》仙三郎《せんざぶろう》――車以外はもっと近い他の図書館があるのに、わざわざここで借りてるのは、ここにしかない蔵書だったからだ」

「ふむふむ」

「逆に言えば、奴《やつ》らはこの時期にどうしても、この本が読みたかったんだ。理由はわからねえ」

「忘れかけていた知識を取り戻すため」

阿茶は吹き出した。

「不動産屋と銃器屋と茶の湯の師匠が、一斉《いっせい》に古代エジプトに興味を持ったというのかい？　こら面白《おもしれ》えや」

「またよろしく」

せつらは用意していた料金分のプリペイド・カードを置いて立ち上がった。

表面の金額をちら、と見て、

「お。何でも言ってくれ」

阿茶は満面の笑《え》みを見せた。

「しかし、あれかい、そのミイラ、現代でも大層な大物なのか？」

「女王様」

「ほお」

せつらは喫茶店を出た。目的地は決まっていた。


この医師の耳は、凪《なぎ》の太洋に落ちた雨のひと粒さえ聴《き》き取れる。それに比《くら》べたら、病院内の足音の区別をつけるなど、おやすい御用かもしれなかった。

〈院長室〉で、彼はそれを聴いた。黴《かび》臭いパピルスの頁《ページ》を閉じて立ち上がり、青い光の中を、足早に戸口へ向かった。

室内の外谷を収めた大水槽の前に、細長い影が立っていた。

灰色の包帯をまとった女であった。

長い髪を膝《ひざ》のあたりまで垂らし、首にも、剝《む》き出しの両手にも、黄金の飾りをかがやかせている。

――遅かったの
声は直接、メフィストの脳内に響き渡った。

「用件を訊こう」

「この女の生命《いのち》を貰《もら》いに来た。わらわの居場所を探《さぐ》り出す力を持つ女じゃ。ところが、わらわの力を振るっても、この水槽にひびを入れることもできなんだ。わらわは、おまえたちの想像もつかぬ古《いにし》えの世を知っておる。そこで栄え、そこで滅《ほろ》んだ魔力にも通じておる。いま振るったのは、その一端に過ぎぬが、それを平然と撥《は》ね返す魔力を身につけた者がおる。誰じゃ、それは？」

白く動かぬ医師へ、

「おまえであったか、ドクター・メフィスト」

と妖女——ミスティは言い放った。

「ゆえにわらわは、水槽の中のものを処分せずにおいた。この生きものの生命《いのち》の代わりに、おまえが我が陣営につくがよい。それでどうじゃ？」

答えはわかっているというふうな艶《あで》やかな笑みが口元に広がった。

「時のもうひとつの涯《はて》からやって来た姫よ。それゆえにこの街とドクター・メフィストがわかっておらぬな」

「わらわは自分以外のことどもを理解などした覚えは一度もない。森羅万象《しんらばんしょう》はわらわに従うのだ。メフィストよ、おまえもな」

「この世で性質《たち》が悪いのは女だ。そして最も性質が悪いのは、分相応を知らぬ女だ」

あらゆる動きが停止した。

ひとつの感情が動きと——熱を奪い去っていった。

「おまえこそ、古代の意味を知らぬ。わらわが生きていた古代はおまえたちの知る古い時間とは違う。それはおまえにもわかっておろうが」

「確かに」

「そして、おまえは何も口にできぬ。そうさせているのは、わらわの力よ。〈魔界医師〉とやら、敗北を認めよ」

「敗北？」

とメフィストは言った。ミスティの表情がこわばる。白い医師の口元に広がる笑みを見たのだ。

「それこそ、意味がわからぬな」

すう、とメフィストの身体が透きとおっていった。

「さらばじゃ」

ミスティが眼を閉じた。

「おまえが消えた瞬間、この世界からおまえという存在の痕跡は消滅する。この粗末な病院も消滅し、おまえに関するあらゆる記憶が人の脳から失われる。いいや、彼らはおまえが存在しなかった時間《とき》を生きることになる。恐らく膨大《ぼうだい》な死者が生まれるが、誰もそれを怪しくは思わぬであろう」

メフィストの反応はない。すでに消えていたのである。

だが、勝利の笑いの代わりに、ミスティの美貌に苦痛の色がありありと噴出した。女は大きくよろめいて、外谷の水槽に片手をついて身を支《ささ》えた。


人間ひとりの存在をこれまでの時間ごと抹消《まっしょう》するのは、この妖女をもってしても、凄絶《せいぜつ》な精神力の蕩尽《とうじん》を必要としたのである。

驚きの声が朱唇《しゅしん》を割ったのは、次の瞬間であった。水槽もまた消えたはずなのだ。

「なるほど――大した力だな、女にしては」

荒い息をつく女王の前で、白い影が言った。

「おまえは誤ってここへ来た。元の時間《とき》へ戻るがいい」

ミスティが胸を押さえた。顔からみるみる血の気《け》が失われていく。

「そこにためられたあらゆる思いを断ち切ってやろう。平穏とは良いものかもしれぬぞ」

「下がれ」

ミスティの声は苦鳴《くめい》とも聞こえた。

立ち直ろうとしても崩れかかる身体が、これまた形と色とを失っていった。メフィストのように。

「おのれ――必ず、また会うぞ」

声は空間に呑み込まれた。

「確かに、これでは終わるまいな」

メフィストの眉がわずかにひそまった。

その身体が、ゆっくりと薄れていくではないか。

妖女王ミスティの魔力は、なおも〈魔界医師〉を呪縛《じゅばく》していたのだ。

この勝負、勝者はどちらか？　相討ちか？　そして、この後に続く〈新宿〉の魔戦は、どのような結末を迎えるのか⁉

3

ねじくれたドレッドヘアと、隻眼《せきがん》のアイパッチを見れば、犯罪に手を染めようと計画中の札《ふだ》つきでも、白紙に戻すという。

また、桔梗《ききょう》や女郎花《おみなえし》をちりばめた上衣と、ばかでかい愛銃〈ドラム〉を想像しただけで、犯行に向かう途中、交番へ自首した熟練強盗がいるという。

彼の綽名《あだな》は、そんな犯罪者どもによってつけられたものだ。

凍らせ屋《スパイン・チラー》――屍刑四郎《かばねけいしろう》。

〈新宿警察〉は二四時間、この街のすべてが戦いの場だが、その内部もまた、混沌を極《きわ》めている。

その日は朝から「四《ヨ》谷《ツ》麻《マ》薬」の製造工場を急襲し、三〇人近い逮捕者を出したものの、〈四谷警察〉と棟《むね》続きの監獄が、前夜にテロリストの手で一部爆破されてしまったため、署内の留置場に収容されることになった。その上、殺人、強盗、強姦、暴行、傷害、詐欺《さぎ》その他で連行される奴らが引きも切らず、署内は善悪正邪《せいじゃ》入り乱れる修羅場《しゅらば》と化していた。

あちこちで、検挙された娼婦《しょうふ》や男娼《だんしょう》の罵声《ばせい》や哀《あい》訴《そ》が上がり、伏せろの叫びと同時に、誰かが隠し持った爆弾をドカンとやって、数人が吹きとび、これも隠し持った拳銃を射《う》ちまくって、たちまち射殺される奴が続出、副作用覚悟で人体強化剤を服用待機していた保安係は、最近配備されたテロ対策ロボットともども休む暇《ひま》もなかった。

それでも音《ね》を上げるどころか、刑事たちの眼は爛々《らんらん》とかがやき、さあ来やがれとばかりに、変身薬で虎《とら》や羆《ひぐま》に化けた連中をぶちのめしにかかる。検挙よりも戦闘が趣味なのではないかと思われる奮闘ぶりであった。

中でも「刑事課」の騒ぎは戦場を煮つめたるつぼといえた。

突如《とつじょ》、得体《えたい》の知れぬ獣人に変わった麻薬《ヤク》の売人が、担当者の下顎《したあご》を毟《むし》り取って、別の相手にとびかかったものの、彼が身を躱《かわ》したため、その近くでPC《パソコン》を叩《たた》いていたひとりに目標を変えた。

血のしたたる顎を摑《つか》んだまま近づいて行く毛むくじゃらの背を、よせ、やめろと絶叫が叩いた。

これから餌食《えじき》になる同僚の心配だろうと感じ、売人獣は、舌舐《したな》めずりをした。ファンキー・ハットを被《かぶ》った白シャツの刑事は、こちらに背を向けていた。

躍《おど》りかかろうと、膝をたわめた売人の鳩尾《みぞおち》を、巨大なハンマーの一撃が貫通した。五メートルも吹っとんだ獣人は、随所《ずいしょ》に置かれた防禦楯《ぼうぎょたて》のひとつに激突した。床に落ちたときはもう死んでいた。

「だから、よせと言ったのに、この麻薬中毒《ヤクチュウ》が」

誰かが吐き捨てるように言って、おい、さっさと片づけろと叫んだ。死体処理のことである。

「他に怪《け》我《が》人はいないか？」

と腋《わき》の下から巨大な拳銃を外して、何処にあるのかわからないホルスターへ収め、屍刑四郎は椅子の背にかけていた花だらけの上衣を取り上げて表面を確かめた。血飛沫《ちしぶき》を調べているのだ。

よし、と納得したとき、ドアのあたりで怒号《どごう》が飛び交《か》った。

〝〈矢来町《やらいちょう》〉殺人鬼〟を追っていた連中が戻って来たのである。

「さっさと歩かんか。どうせ死刑だ。最後のシャバくらいまともに過《す》ごさんか」

「笑わせるな、この狗公《いぬ》。こんなボロ警察なんざ、今日中に脱《ぬ》け出してやらあ」

と威勢《いせい》のいい声が上がるや、周囲の刑事たちが、この小悪党がと殴《なぐ》りかかって、たちまちおとなしくなった。恐らく、殺人鬼ではないだろう。

そいつらが奥へ消えると、連行して来た刑事のひとりが、屍のところへやって来た。

「核心は突けなかったようだな」

弄《いら》うような屍へ、

「いやあ、いいところまで追い詰めたんですがねえ。あと一歩ってところでミスが出ちまって。結局、帰りにアポ電強盗を二人ぶち殺して三人確保しただけですよ」

「〝〈矢来町〉殺人鬼〟の担当は、おまえと神楽《かぐら》、素《す》摩《ま》と荒井《あらい》と但馬《たじま》――逃すとは思えんがな」

「実はですね」

男――西堀《にしぼり》刑事によると、殺人鬼が潜《ひそ》む廃屋《はいおく》へ突入する寸前、素摩の拳銃が暴発した。そのせいで、目標は突入前に地下の脱出路へ逃げ込み、追いかけても見つからなかったという。

素摩さん、がっくりきてましたよと肩をすくめる西堀をチラと見て、

「うるさい。もう行け」

にべもない物言いに、後輩は半ベソで立ち去った。

屍は少し間を置いて、すぐにキイボードを叩きはじめた。

「角筈不動産」唯一《ゆいいつ》の社員高峰鶴子《たかみねつるこ》は、給料の遅配《ちはい》に悩んでいた。このふた月、一戸建て専門の店には、一件の契約もまとまらなかった。

〈新宿〉――〈魔界都市〉の一戸建てで「角筈不動産」が扱えるような物件は、まずいわく付きだ。だから、値段は〈区外〉の連中が眼を剝くほど安い。不動産屋の口八丁手八丁《くちはっちょうてはっちょう》が最も苦手とするのは、

いうまでもなく〈区民〉である。どこの物件にどのクラスの魔性《ましょう》が取り憑《つ》いているか、SNSで知り尽くしているのだ。〈区外〉の連中は、このSNSを利用することはできない。〈区民〉同士の仁義だからである。

　不動産屋はここを突くわけだが、それでも限界がある。〈区内〉に入れば、それなりの情報は入手できるからだ。

　社長の車修平は、鶴子の眼から見ても天才的なしゃべくり詐欺師だが、二カ月も遊んでいる。

「社長——今月はお給料出ます？」

　こう訊くと、衝立《ついたて》の向こうで業界紙を読んでいる車はこう答える。

「家が売れたらな」

「でも、もう二カ月過ぎたけど実績はゼロですよ」

「おまえの親戚は欲《ほ》しがっていないのか？　ベンキョーするぞ」

「いても勧《すす》めませんよ、店《うち》で扱ってるような物件」

「おまえな、何処で給料貰ってるのか、考えろよ」

　ペロリと舌を出し、鶴子はちらと衝立の向こうを覗《のぞ》き込んで、ぎょっとした。

　車は分厚い単行本を開いていた。それはいいとして、上衣の肩や胸や腕の上に黒い塊《かたまり》が蠢《うごめ》いているではないか。あれは——

　ある剣呑《けんのん》な昆虫の名前が浮かびかかるのを抑《おさ》え、鶴子は別名を思い出そうと努めた。明滅《めいめつ》する記憶から何とか掬《すく》い出すのに数秒を要した。

　確か——黄金虫《こがねむし》——スカラベだ。昔、漫画で読んだ記憶がある。思ったよりすんなり抽出《ちゅうしゅつ》できたのは、車が読んでいた本のタイトルもある。『古代エジプト』だ。

　鶴子はそこまで知らなかったが、スカラベは古代エジプト語でケペレル。「生成」を意味することから、創造の神＝太陽神ケペラのシンボルとして崇拝《すうはい》された。いわばエジプトの生命の象徴だ。

だが、それが雇《やと》い主の全身を這《は》い廻り、ポトポトと床に落ち、その上を走り廻っているとなると、たとえ〈新宿〉でも不気味さが先に立つ。

「社……長」

噛《か》み砕《くだ》くように洩らした途端、何とそいつらは読書に余念のない車の口の中へ黒い奔流《ほんりゅう》と化して流れ込み、瞬時に消滅した。目撃者たる鶴子が、幻《まぼろし》ではないかと思ったほどの神速《しんそく》ぶりであった。

不意に車がこちらを向き、本を閉じると、

「どうかしたのか？」

と訊いた。

その顔が、別人——異国の者のように見えて、鶴子は返事を失った。

「おれは営業に出る。問い合わせが来たら、今日中にこちらから連絡すると言っておけ」

どうせ来やしないわよ、と思いつつ、鶴子は「はい」と答えた。


店を出た車は車庫にあるスクーターに乗って、〈西新宿〉の売り家を訪れた。

築四〇年——〈魔震《デビル・クエイク》〉前に建てられ、〈魔震〉にも耐え抜いた堅牢《けんろう》な一軒家だが、さすがに歳月の重みは家屋全体に広がって、あちこちに歪《ゆが》みが目立つ。前の住人——四人家族全員が六年前に行方不明になってから、八〇坪の敷地は、建物ばかりか庭まで も〈魔界都市〉の自然の跳梁《ちょうりょう》に任せて妖異荒《こう》涼《りょう》を極めていた。

その門前で、車が、ん？と眉を寄せたのは、玄関のドアがわずかに開いているのを認めたからである。

荒れ果てたと見える一戸建てにはよくあることだ。ホームレスや犯罪者グループが、ねぐらや盗品、危険物の隠匿《いんとく》場所に使用するのである。

だが、その家に強力な悪霊《あくりょう》でも憑いていた場合、その力は利用者に直《ちょく》で襲いかかって来る。〈魔震〉以後、この家に入った四家族のことごとくが死亡、乃至《ないし》失踪《しっそう》を遂《と》げたのがその証拠だ。

奇怪な三色蔦《つた》が絡《から》みつく屋根から壁、玄関までを見廻しながら、

「やっぱり、根こそぎ建て直すしかないか」

車は右手の平に埋め込んだ体内コンピューターを使って、眼前三〇センチの空間に、画面《スクリーン》とキイボードを造影した。

家の立体図が浮かぶ。一階の二〇畳リビングに、四個の人型があった。画素数を増やすと、武器を手にしている。

「人の商品に土足で上がり込みやがって」

怒りに顔を紅潮させ、彼はスクーターのチェンジ機構を作動させた。

車輪は本体に収納され、何本かのアームが湾曲と結合伸縮を繰り返して、身長一八〇センチほどの二脚ロボットが誕生した。

「先に行け」

半透明のキイボードの上を指が躍り、ロボットは器用にドアノブを廻して、ドアを開いた。

三和土へ入り、ドアを閉じるなり、足下《あしもと》に灰色の円筒が転がって来た。

爆弾ではない。電磁コイルにコードを巻いた品だ。

青白い光がギクシャクとロボットに巻きついた。小さな頭部ががくりと垂れて動きを止める。

「ほう、ただのチンピラじゃないか」

車は玄関へと走った。

スクリーンに居間から三人の男がとび出して来るのが映る。

玄関で遭遇した。

向こうには驚く時間があり、こちらにはなかった。

車は幻のＰＣキイを叩いた。

両脇の下に三基ずつ装着した「携帯砲塔」が火を噴《ふ》いた。

各三連装の五・五六ミリ砲弾は、男たちの体内に潜り込むや爆発し、三人を肉塊《にくかい》と変えた。

残りのひとりも現われた。両手のイングラムMAC13を乱射する。H&K《ヘッケラーウントコッホ》やSIG《シグ》、グロック等のヨーロッパ勢に押され気味のアメリカ銃器メーカーが、巻き返しの旗印《はたじるし》に掲《かか》げるヒット商品の最新型は、いかなる弾丸でも口径さえ合えば、一切《いっさい》ジャムを起こさず、毎分一二〇〇発という驚きの発射速度で、近距離の敵を薙《な》ぎ倒す。

だが、撃針《げきしん》が雷管《らいかん》を叩くより早く、キイが叩かれた。

四五口径と九ミリの弾丸が、車の前方に圧縮された空気防御盾を貫通できず、ことごとく地に落ちる前に、男の身体は四方の壁と天井に赤く貼りついた。

血の渦が収まってから、

「何処のチンピラだ」

憎々しげに吐き捨てて、車は居間へ入った。

テーブルの周りにソファや椅子が寄せられ、缶詰やミネラル・フードの袋が散らばっている。床に積まれた段ボールの中身は、ビニールに包まれた〈新宿へロイン〉であった。

「〝輸出業者〟どもが、人の売り物をなんだと思ってやがる」

またも吐き捨てた声は、ずっと穏《おだ》やかだ。

眼前のヘロインの値段は億を下るまい。

「いっそ建て替えを、と思ってたところへ、踏ん切りがついたぜ。この程度の量なら売りさばくのも簡単だし」

眼前の内部構造図の一点が光を放った。

砲台をそちらへ回転させつつ、車もふり向いた。

土足で上がり込んで来た影は、ひと目で車の殺意を恍惚《こうこつ》へと変えた。

「エジプトの本、面白かった？」

どうでもいいふうに尋《たず》ねたのは、秋せつらに違いなかった。

第三章　使徒不明

1

「この……物件は、取り壊しだ……」

　四人の侵入者を葬《ほうむ》った男が、頰《ほお》を赤く染め、恍《こう》惚《こつ》の表情に埋めた瞳の中に、天与《てんよ》の美貌《びぼう》を映して呻《うめ》いた。

　せつらはドア脇の窓を指さして、

「見た」

　と言った。そこから目撃したという意味だろう。車の戦いも構造図もだ。

「ミスティ様から聞いているが、少し待て」

　と車は心臓を押さえた。

「いい歳《とし》こいて、若い男を見て胸が高鳴るとはな。爆発寸前だ」

　そっぽを向いて荒い息をつぐ不動産屋に、せつらは追い討ちをかけず、四方を見廻《みまわ》した。

「確か化物が」


　この家の正体を知っているのである。

「けど、侵入者は無事だった。化物を食べた化物がいる」

「そうかもしれんな」

　車の呼吸は、ようやく元に戻っていた。

「紹介しろ」

　返事をしないでいると、喉《のど》と男根に凄《すさ》まじい痛みが走り、車は硬直した。

「首とあそこ——どっちがいい？」

「て、てめえ」

　と凄《すご》んだつもりが声にならなかった。

「返事はいい。化物を退治した化物のところへ案内しろ」

　自らの行動とも台詞《せりふ》ともおよそ無縁な茫洋《ぼうよう》たる表情と声で、秋せつらは要求した。

　命じられるままに、車は一階の西の端にある地下室のドアへせつらを導《みちび》いた。

触りもしないのに、木のドアはきしみつつ開いた。折り畳み式の階段が、三メートルばかり下へ延びている。ドア横の照明スイッチを入れてから、

「どーもお」

せつらはひとつ声をかけて、車を先に階段を下りはじめた。

段ボールが積み重ねてあるだけの、六畳ほどのコンクリの床が、ほぼ中央に石の柩《ひつぎ》を載せていた。

「おや？」

とせつらが口にしたのは、柩の表面に何も記《しる》されていないせいだ。古代エジプトの柩なら、生前の被《ひ》葬者《そうしゃ》の身分やそれに合わせた宝物《ほうもつ》、家来、戦闘具等に、死と再生を司《つかさど》る神の姿が彫刻されているものだが、この柩にはそれがない。剝《は》ぎ取られた様子もないから、最初から憎まれていたか呪《のろ》われていたものだろう。別の柩という可能性もあるが、それなら最初から埋葬《まいそう》はしまい。

「いる？」

とせつらは訊《き》いた。すると聞き覚えのある女の声が応じた。

「おお。その声は」

「一度」

とせつらは返して、

「会いたがっている医者がいる。ついて来てもらおう」

と言った。先刻の二人の面談をせつらは知らない。

「断わっておくが、この柩の重さは象一頭分。その細腕で動かせるか？　石までその顔の虜《とりこ》にするわけにはいかんぞ」

「出て来い」

「断わる。できるなら連れて行くがよい」

細い輝きが何本か流れた。どのような物理法則を妖糸《ようし》は生み出したものか、柩はふわりと一メートルも宙に浮いた。

「ではでは」

まるで風船でも操《あやつ》るように、せつらは見えない糸で柩を引き引き、階段の前まで歩いた。柩もそのように従ったのである。

せつらの訝《いぶか》しげな表情は、それが急に停止したからだ。すう、と石の蓋《ふた》がスライドした。内側に眠るものが、出ようとしているのだ。

蓋が停止した。

空中の柩から身を乗り出したのは、またも灰色に変色した古代麻の包帯をまとったミイラであった。

黒い瞳がせつらを映している。それを瞬《しばた》き、

「何度か会《お》うたな」

と言った。

「そうそう」

せつらも否定しない。

「美しい」

喘《あえ》ぐような声で、

「このように美しい男、初めてじゃ。何としても下《げ》僕《ぼく》に欲《ほ》しい。だが――わらわの仇《かたき》であれば、致し方もない」

正しくは声ではない。思いだ。それなのに、息をついた。

「一万年は永劫《えいごう》とはいえぬ。おまえはその眠りにつけ」

柩から何かがうねくり出た。蛇と見えたが、ひどく薄い。布地だ。ミイラを巻いた包帯であろう。一枚ではない。一〇枚、二〇枚――否《いな》、一〇〇枚近くが柩からこぼれ、床を這《は》いつつ、せつらへ迫っていく。せつらの妖糸をもってしても、一気に片をつけられるとは思えなかった。

「やれやれ」

とせつらはつぶやいた。困っているふうはない。

突然、別の動きが生じた。

立ちすくんでいる車の身体《からだ》が、不意にせつらの方を向いたのだ。

「やっつけろ」

せつらが命じた。

空中にコントロール・パネルが浮かび、車の指はキイのひとつを押した。

「携帯砲塔」が火を噴《ふ》いた。それは焼《しょう》夷《い》弾《だん》であった。六〇〇〇度の炎は波のように床を走り、布の蛇を押し包んだ。

「わらわ以外の者に操《あやつ》られたか、愚《おろ》か者が」

もう一枚の布が優雅に宙を走るや、車の首は呆気《あっけ》なく落ちた。鮮血が噴き出し――止まった。

「へえ」

せつらが唸《うな》った。

車はその手で首を掴《つか》むや、正しい位置に据《す》え直したのである。

「これでわらわの下僕たる身を思い出したであろう。今日は引き上げるぞ」

砲口が、せつらを向いた。

それが火を噴くより早く、せつらは空中に躍《おど》っている。

壁を破《は》砕《さい》する小爆発の連続が熄《や》んだときにはもう、階段の上にいた。

二人は東の隅《すみ》に移動した――それぞれに巻き付けた妖糸がそう伝えて来た。

そして、数瞬の間を置き、さらに奥へと消えた。脱出路が作ってあったのだ。

「いつ、どうやって？」

あまり気にしていないふうに、せつらはつぶやいた。

すぐに追おうとしなかったのは、柩にも蓋にも糸を巻いてあるからだ。

それでも、彼にしては早足で玄関へ戻ったところへ警官がとび込んで来た。

しまった、とせつらは思ったかもしれない。とび込んで来た全員が膝《ひざ》から足を断《た》たれて三和土《たたき》に横転したのである。邪魔が入らないよう妖糸を張っておいたのが裏目に出た――しかし、せつらが警官を犠牲者の対象から除外していたとは思えない。思えないが、この状況で警官に重傷を負わせたのはやはりまずかった。

いずれバレるだろうが、とりあえずせつらはキッチンに向かい、勝手口のドアから外へ出た。


およそこの店では縁のなさそうな訪問者の顔をひと目見た途端、高峰鶴子は自分を失った。

「あの……」

どんなも、ご用も、でしょうか？　も、出て来ない。彫像化した不動産屋の従業員に魔法をかけた訪問者は、

「車氏のPCを見せてほしい」

と申し込んだ。

「それはもう……幾《いく》らでも」

鶴子はよろよろと横にのいて、背後の「社長室」のドアを示した。

「失礼」

せつらは悠々《ゆうゆう》と内部《なか》へ入り、PCの載ったデスクの前に腰を下ろした。ドアはひとりでに閉まった。


五分で部屋を出た。

鶴子は自分のデスクにかけて、虚《うつ》ろな眼を前方に向けていた。いつもならお茶の一杯も出す。それさえ思いつかぬ美しい幻《まぼろし》が網膜《もうまく》と脳を占《し》めていた。

「どーも」

せつらは軽く頭を下げて退店した。


女の熱い声が障子《しょうじ》に触《ふ》れて跳《は》ね返った。

「先生――いつも凄い。あたしもう――別の世界へ行ってしまう」

障子のこちら、六畳の畳の上で生々しく艶《あで》やかな色彩が荒い息をついた。

たったいま、高価な和服から剝《む》き出しになった豊かな尻を、どんと倒したところである。その上気した桃色の肉と脂肪に、これまでの行為の名残《なご》りが妖《あや》しく光っていた。

うす紫地に白い百合《ゆり》を大胆に配置した和服の値段も凄そうだが、見事に着こなしたそこから、豊満な

乳房と太腿《ふともも》を露出した女も美女であった。

「夫なんか比《くら》べものにならないわ。また、殺して」

熱い息を吐きながらすがってくる手首を摑んで、やさしく戻しながら、

「これからはそのご主人で我慢したまえ」

と、これも乱れた羽織《はおり》袴《はかま》を直しつつ、ギリギリ若いといえる男が、冷たく言い放って背を向けた。何処《どこ》にでもある痴話《ちわ》喧嘩《げんか》だ。だが、〈新宿〉ではそれで済まなかった。

「あたしを捨てる気？」

「事情が変わった」

荒ぶる女の声より、男のほうが繊細《せんさい》であった。

「どう変わったの？」

女は襟元《えりもと》に乳房を押し込んだ。

「私は別人になったんだ」

「何かに憑《つ》かれたの？」

「いや。本来の自分に戻った。戻してくださる方が眠りから醒《さ》めたのだ」

「誰よ？」

「ミスティ様だ」

「話つけてくるわ、何処にいらっしゃるの？」

たっぷりと毒を含んだ声には、殺意すら感じられた。

「おまえたち凡人には想像すらできない場所だ」

「あーら、ご挨拶《あいさつ》ね。地下墓地だって出向きますことよ。先生——このお茶の教室を維持するために、私に貢《みつ》がせた金額、覚えておいででしょうね」

恫喝《どうかつ》のような、侮蔑《ぶべつ》のような物言いの女弟子に対し、男は少し沈黙していたが、すぐに、

「わかった。返そう」

きっぱりと言った。その声に含まれたただならぬ音韻《おんいん》に、女は気づかない。意外な返事にとまどうのを、必死に押し隠して、

「あーら、驚いた。そんなお金があるのに返してくださらなかったの？」

男は女の手を取って立ち上がらせた。

「これからミスティ様の下《もと》へ行く。おまえはどうする?」

「ご一緒するわ。どういう方か、ひと目見てみたいから」

小体《こてい》な和風の家を出て、少し離れたところにある駐車場から、女の運転するベンツが滑り出したのは、数分後のことである。

男の指示に従って、車は〈若松町〉の西の外れにある廃墟《はいきょ》に入った。

「こんなところに住んでるの?」

「こういう場所を好む方なのだ。死と破壊を」

「へんなの」

と強く吐き捨ててみたものの、身肉《しんにく》にじわじわと迫る不安はどうにも拭《ぬぐ》いようがなかった。

〈安全地帯《セフティ・ゾーン》〉内の廃墟にも危険なものはあるが、ここは札つきの平穏地だ。それなのに、不安が腹腔《ふっこう》に冷たく広がる。心臓が激しく打つ。

ベンツを降りて、男は女の手を取ったまま、瓦礫《がれき》の奥へと進んだ。

竪石《たていし》を三つ並べた出入口のようなものが現われた。黒い孔《あな》が下へと続いている。

恐怖が女を襲った。手を離そうとしたが、男は離さなかった。

無言のまま黒い孔に入った。

女は息を呑《の》んだ。二歩進んだ内側には、広大なスペースが待ち構えていたのである。

テーブルと椅子《いす》とソファと食器棚は、その辺のスーパーや量販店で手に入る品だが、床の真ん中に置かれた柩らしい函《はこ》は、不安に高鳴る胸を、思いきり締めつける効果があった。

「ねえ——あれって?」

「おまえが会いたい御方は、あそこにいらっしゃる。——テベア」

呼びかけた名前を、おかしいと感じる前に、奥の石が積まれた一角から、

「おお」

と前の男の声が応じた。和服の男は、

「急ぎあつらえたが、〝鎮静の間〟の効果はどうだ？」

「一万年前のものと同じとはいかんが、だいぶよくなった。あの人捜《さが》し屋――恐るべき敵だぞ」

「その声では――テベアともあろうものが散々《さんざん》な目に遇《あ》ったと見える。ミスティ様のご勘気《かんき》を蒙《こうむ》らなかったのが何よりだ」

「嘲《あざけ》るか、セザカリ」

「とんでもない。同情しておるのよ。それより――この女、ミスティ様に目通りを願うので連れて来た」

「ほう」

声のした闇の方から背広姿の男が現われた。

車であった。

女は身を翻《ひるがえ》そうとしたが、意思だけで身体はぴくりとも動かなかった。

「それは願ったりだ。ミスティ様はいま休んでおられる」

その口調に何を感じたか、〈若松町〉のお茶の師匠の闇座仙三郎ことセザカリは、不穏の形に眉を寄せた。

2

「何か厄介事《やっかいごと》が生じたか？」

と訊いた。声は切迫《せっぱく》している。ミスティに不都合が生じると、大事《だいじ》が発生するのだ。

「秋せつら」

とテベアは苦々《にがにが》しく言った。

「ほう、あの美しい人捜し屋か？」

「知っているのか？」

「一度、〈歌舞伎町〉で見かけたことがある。おれはサングラスをかけていたが、しばらく夢心地《ゆめごこち》だった。すれ違った連中はその場ですくんだ。列が出来ていたぞ」

「確かに」

と応じて、テベアは沈黙した。戦いの記憶が甦《よみがえ》ったのである。その凄絶《せいぜつ》さが。

「おい」

咎《とが》めるようなセザカリの声に、はっとした顔は赤く染まっていた。

軽蔑したように眼差《まなざ》しを送ったセザカリの表情が、こちらもはっとして、柩の方をふり向いた。

「――またか？」

「美しいものがお好みのお方だ」

とテベアは眼を閉じて言った。

「服も宝石も女も――男もな」

「おい――いかんぞ、これは。なんとしても平常の心を取り戻していただかなくてはな」

「おれにはどうにもならん。おまえか――」

ここで詰まって、すぐに、

「――セトリアの仕事だ」

と続けた。セザカリは溜息《ためいき》をついた。

その顔を見て、テベアの表情が変わった。茶の湯の師匠の顔は蒼白《そうはく》であった。

「そのとおりだ」

とセザカリはうなずいた。どう見ても渋々《しぶしぶ》であった。彼らは何かを知っているのだ。今、予感される事態に対して、決定的な影響を与えられるキイマンがいる。だが、それは口に出せないのだ。何故《なぜ》か？

セザカリの蒼白な顔を見よ。テベアの顎《あご》からしたたる冷や汗の音を聞け。

そして、二つの顔は、ゆっくりと立ちすくむ女に向けられた。

「贄《にえ》か？」

テベアの声と眼差しが、女を生ける死者に変えた。もう逃げられない。あたしはここで……。

柩が重い音を立てた。蓋がずれたのである。本体との間に狭い隙間《すきま》が生じた。

そこから包帯に包まれた繊手《せんしゅ》が現われたのであ

る。白く美しい手であった。女はそれが手招くのを見た。誘われるように歩き出す自分を、止めることはできなかった。

柩のそばまで辿《たど》り着くと、女は手の方に頭を傾けた。

ミイラの手がその髪を摑んで引き寄せた。かろうじて頭が入るくらいの隙間であった。

女の身体が急に痙攣《けいれん》した。

上衣《うわぎ》とスカートから覗《のぞ》いた手足が急速に白茶《しらちゃ》け、紙のように生気を失っていった。

一〇秒とたたず、がくりと崩れた身体は、手首から床に落ちて灰と化したではないか。まさに崩れた。

「ほどほどじゃが——かろうじて美味」

柩の中のものが言った。

「わらわに生命《いのち》を捧《ささ》げるものは、美しくなくてはならぬ。あの男のようにな」

二人は顔を見合わせた。これ以上はない恐怖の表情であった。

「ミスティ様——お忘れくださいませ」

と声を揃《そろ》えた。

「あの男——あのように見えながら、実に恐るべき敵でございます」

「左様《さよう》、今すぐにでも処分しなければなりませぬ。それはわれわれにお任《まか》せくださりませ」

「ならぬ」

低いが鋼《はがね》の鞭《むち》で叩くような一喝《いっかつ》であった。二人は沈黙した。

「あのような美形に会《お》うたのは何千年ぶりであろうか。わらわは気に入ったぞ。テベア、セザカリ——彼奴《きゃつ》に手出しはならぬ。わらわが籠絡《ろうらく》するまで待て」

「はっ」

「ははあ」

一も二もなく二人は叩頭《こうとう》した。

それから、素早く眼と眼を合わせ、

――ダーラモスしかあるまいて
――こうなってはな。しかし
――そうだ。あれはあれで、我らを破滅に導《みちび》く
声なき会話の果てに、二人は同じものを見ている
のであった。破滅と隣り合わせの希望を。
「テベア」
と柩が呼んだ。
「はっ」
テベア――不動産業者・車修平の顔が恐怖に歪《ゆが》ん
でいるのは、今の声なき会話を聞き取られたのでは
ないかと疑ったからだ。
「外へ行け。セザカリは残れ」
「はっ」
「近《ちこ》う寄れ」
「はは」
灰と化した女弟子の遺体を踏みつつ茶の湯の師匠
――闇座仙三郎は従った。
開いたままの隙間へ身を屈《かが》めた瞬間、包帯の手が
その喉笛《のどぶえ》を摑んだ。
その手から何が伝わったか。
「セザカリよ――嬉《うれ》しいか？」
「はっ」
そうなのだ。今、人間《ひと》ひとりが灰と化す現場を目
撃しながら、この男の身体は、恐怖のみではなく、
それに増す歓喜にわななないているのだった。
「では――来るがよい。石の褥《しとね》じゃが」
引かれると、セザカリの頭は隙間に入り込んだ。
のみならず、絶対に入りそうにない幅広の肩も胸
も、続く腰も尻も吸い込まれた。抵抗は一切《いっさい》なかっ
た。
すぐに蓋は閉まった。
暗黒の中で、しかし、雲に包まれたような柔らか
さが、セザカリを捉《とら》えた。
「ほうれ」
確か下にいたはずのミスティが回転し、何度か上
下に位置を変えた。

豊かな尻と局部が顔の上に来た。自分のものが熱いるつぼに吸い込まれるのを、セザカリは感じた。凄まじい快楽が股間に押し寄せ、彼は一気に高みへと突進した。

だが、彼は踏み留《とど》まった。正確にはあの器官のみが。それはミスティの濃厚な口での奉仕に合わせて、達するまでの期間を延長させた。欲望はさらに燃え上がり、しかし、解放は遅れた。

代わりに、彼は舌に変化を感じた。いまミスティに責められているものと等しい感覚と欲望に満たされたのである。

それを使うや、ミスティの全身がわなないた。舌は柔軟に女の秘所を這い、こわばりと化して貫《つらぬ》いた。

「セザカリよ――秋せつらを連れてまいれ。むろん生かしたままじゃ」

「何故でございますか？　死骸《しがい》のほうがたやすうございますが」

「生かしたままじゃ」

「はっ」

「それでは――」

彼は少し考えて言った。

「ダーラモスを眼醒《めざ》めさせなくてはならぬかと」

その口から絶叫が迸《ほとばし》った。

そそり立ったものに歯が立てられたのだ。否、それは牙《きば》であった。

「わらわがこの手で狩った獅子《しし》の牙――植えつけたのは知っておるな。どうじゃ、痛いか苦しいか？」

ここで声は低く低く――

「それ以上に良かろうが」

男が応じたのは呻きであった。声も出ぬ痛みの中に、それを凌《しの》ぐ快楽の針を感じたのだ。

「よいな、この快楽を失いたくなければ、ダーラモスのことは忘れるのじゃ。二度とその名を思い浮かべてはならぬ」

また呻きが応じた。

「よし。では、今しばし、おまえの望むものを与えてやろう」

石の柩の中で、いかなる行為が営《いとな》まれているのか、また男の長い呻きが流れはじめた。


その来客を見たとき、瀬戸たえは、カウンターの下にある警報ボタンを押してから笑顔をこしらえた。店内には他に客が二人。どちらもガードマンだ。

「いらっしゃいませ」

客は軽く片手を上げてから、商品ケースを覗き、

「護身用に一挺《ちょう》ほしいんだ。お勧《すす》めはどれだい？」

たえはうなずいて、ケースの中身を指さした。

「日常的なお品なら、このマナウス・オートＭ９《ナイン》がよろしいかと」

「南米製だろ？　突っ込みとか作動不良は大丈夫かい？　何発か射《う》ったらドカンという話を聞いたぜ」

「それは、粗悪なコピーですよ。〝フライデイ・ナイト・スペシャル〟という奴《やつ》です」

休日に、チンピラたちが主に一般〈区民〉相手に使う安物の強盗用拳銃のことだ。脅し用だから、一〇発も射てば部品がイカれて暴発する。四散《しさん》した破片を浴びて死亡したチンピラ強盗も多い。

「見せてくれ。試し射ちできるよな？」

「勿論《もちろん》です」

たえは微笑した。

レジ兼用のＰＣのキイをひとつ押すと、出入口のドアの前に、シャッターが下りた。表面にはペンキで人体図が描かれている。全身がささくれているふうなのは、弾痕を削り落とした痕だ。

「カウンターからの距離は八メートル。ＦＢＩによると、実際の射ち合いで最も多い距離は七メートルと少しです。弾丸は標準弾で一発七〇円、リロード弾で三〇円です。どちらもパワーは変わりません」

「なら安いほうを一〇発」

たえは「格安ケース」から一〇発をカウンターに

おいた。形状は標準弾と同じだが、弾頭部は荒っぽく溶接されている。

客はたえの用意したマナウスを手に取ると、空の弾倉《マガジン》を抜き、一〇発を込めた。慣れた手つきであった。弾倉を戻し、遊底《スライド》を引くまでは数瞬の手際《てぎわ》で、狙《ねら》いをつけるや、続けざまに一〇発を連射した。

つぶれた弾頭を受ける人体図の下のケースが、チンチンと硬い音をたてる。

客に化けたガードマンが、笑いをこらえた。

「全弾外《はず》れ――1点圏に一発も入ってないわ。ある意味凄いわね」

「使い勝手がいいいな」

重々しく言う客へ、たえは呆《あき》れ果てた眼差しを送った。いくら下手《へた》でも、全弾的外れというのは珍しい――どころか初めてだ。空の弾倉を抜いて、新しいのを装填し、

「もう一発いかがですか？」

客は首を横にふった。

「次はショットガンを見せてくれ」

「そちらです」

よく言うわねと思いながら、右方のガン・ロッカーに収められた長物を示した。

「今はベネリの自動装填式《オート・ロード・タイプ》が売れておりますけど」

この腕なら弾丸が広がるショットガンのほうが向いているわねと思った。

「いや、そっちのポンプ式を貰おう。一二番口径だ。弾丸は〇〇《ダブル・オー》バックをひと箱」

「壁でも壊すんですか？」

ガードマンたちも注目している。

頭の中は、「びっくりした」ではなく「やれやれ」だろう。

そのとき、チャイムが鳴った。

新しい客だろう。

「カードをこちらへ」

たえがチェックボックスを指さしたとき、

「動くな」

とガードマンのひとりが声をかけた。右手のイングラムＭＮ《モデル・ニュー》は二人を狙っていた。

「さっさと開けるんだ」

ともうひとりが、グロックの最新モデルの銃口を、シャッターの方へふって見せた。きょとんとしている客へ、

「おっさん、手を――」

と言いかけ、

「ま、いい。下ろしとけ。射撃にゃ向いてねえ」

と言った。

「店員の身元調べは、きちんとしたらどうだ？」

客に言われて、たえは肩をすくめながら、シャッターの開閉スイッチを入れた。

勢いよく上がる下から、眼出し帽を被《かぶ》った二人組が入って来た。全員Ｈ＆Ｋ《ヘッケラーウントコッホ》のＭＰ99を手にしていた。近距離戦闘用のＳＭＧ《サブ・マシンガン》だ。堅牢《けんろう》性、精度ともに申し分ないが、問題がひとつある。

「ひょっとして、テロリスト？」

と客が訊いた。妙に落ち着いた声である。

「〝赤い砂漠〟って知ってるか？」

ガードマンのひとりが、どこか陶然《とうぜん》と訊いた。侵入者たちはシャッターを下ろし、カウンターの内側へ入ると、たえへ、

「開けろ」

と命じた。

「あんたたち、新参《しんざん》ね」

とたえが面白そうに言った。

「成田《なりた》から直行でしょ。〈新宿〉で武器調達して、〈区外〉で使うの？　それともお国へ持って帰る？」

「余計なことを」

眼出し帽のひとりが近づき、たえのブラウスの襟《えり》元《もと》を摑んで引き裂いた。ボタンがちぎれ、青いブラに包まれた豊かな乳房が剝き出しになった。

3

眼出し帽はブラジャーもずり下ろし、たえの右の乳房に唇を押しつけた。

「あ……」

たえの声は、すでに昂《たかぶ》っていた。

「あ……ああ」

長く続いたのは、ふくらみを滑った舌が乳首に触れたときであった。

「いい声出すなあ」

男は強く乳首を吸いはじめたが、すぐに顔を離して、

「任務を片づけてから、たっぷり吸ってやるぜ」

と言って、H&Kの銃口を唾《つば》だらけの乳房に押しつけた。

「ケースを開けるんだ」

ケースの窓は防弾処理だ。SMGの弾丸は通らない。

「その前に」

たえが粘っこい声をかけた。

「もういっぺん吸って。中途半端じゃないの」

と胸を突き出し、顔をのけぞらせた。

大胆に露出された乳房と喉に、男たちの眼が吸いついた。

死角が生まれた。

それはいきなり火を噴いた。

たえが放ったマナウスの九ミリ弾は、二人のガードマンの眉間《みけん》を射ち抜き、三人目――侵入者の眼出し帽で撥《は》ね返された。金属糸で編んだプロテクター仕様だったのだ。

「野郎」

とH&Kを向けるひとりの鳩尾《みぞおち》へ、たえの前蹴《げ》りがめり込んだ。前のめりのまま飛んで来た身体を、カウンター内のもうひとりがH&Kをふって撃墜《げきつい》する。

雷鳴が轟《とどろ》いた。

〇〇バック――九発の猛打にのけぞった顔面に、もう一発――眼出し帽も中身も吹っとんだ。

蹴られたひとりがH&Kを乱射した。九ミリ・クルツ弾の猛射がレジを破壊する――その寸前にたえはカウンターを跳《と》び越えていた。

PCが火を噴く向こうから、客が〇〇バックを連射した。文字通り顔をつぶされた四人目がのけぞって端まで吹っとぶ。

弾丸の尽きたショットガンを捨てて、

「邪魔者が」

と客は短く罵《ののし》った。

「死体は処分できるか？」

「地下の水道に、それ用の鰐《ワニ》を飼ってあるわ」

「慣れてるってわけだな」

客は苦笑を浮かべた。

「しかし、鰐というのは――眼醒める前にも過去は忘れじ――か」


硝煙《しょうえん》と血臭《けつしゅう》が席捲《せっけん》する店内で、客――車修平は皮肉な笑《え》みを口元に刻んだ。

「――で、ミスティ様のお望みは？」

「まだおれには知らされておらぬが、今、セザカリが承《うけたまわ》っているだろう」

その口調と表情から何を理解したものか、たえ――セトリアも同じ類《たぐい》の笑みを浮かべた。

「だが――想像はつく。だから、ここへやって来たのだ。これはミスティ様のお望みに盾つく仕儀《しぎ》となるかもしれん」

「あらあら。だったら、あたしは手を引くわよ。あの御方のご不興《ふきょう》を買うのは真《ま》っ平《ぴら》」

口先は軽いが、眼は据わっている。その奥に熾火《おきび》のように燃えているのは――恐怖だ。

「ひょっとしたら、この街で甦ったのは間違いだったかもしれん。ミスティ様も我々もな」

「この街だからこそ甦れたのよ。でなければ、あたしもあなたも平凡な人間として一生を終わっていたわ」

「そのほうがよかったかもしれんぞ」

「かもね」

「おまえは幸い武器の商人だ。ナイルの鰐や河馬《カバ》、メンフィスの獅子を斃《たお》した武器より優《すぐ》れた品を扱っている。だが、あの美しい男の技を破り、奴を斃すにはそれだけでは足りぬ。そこで我らの叡知《えいち》が閃《ひらめ》くのだ」

「おそらくは秋せつら」

とたえ――セトリアはその名を口にした。

「ドクター・メフィストと並ぶ〈新宿〉の化身《けしん》。確かにこの世界の武器では斃すのに手間がかかるかも」

セトリアの眼に剣呑《けんのん》な光が滲《にじ》みはじめた。

「とりあえず、ミスティ様の命《めい》に背《そむ》かぬレベルでの邂逅《かいこう》を果たしてみるわ。テベア、いざとなったらあなたの出番が来る前に、私ひとりで〈新宿〉を始末してしまうかも、よ」

「では、前祝いといこう」

テベアは前へ進んだ。セトリアの胸はさらけ出されたままだ。直そうともしなかったのである。テベアは拝《おが》むように身を屈めて、左の乳房を吸った。

「ああ、血と硝煙でむせそうよ。感じる」

二人の空間は、なお愛欲の匂いでむせ返るようであった。

セザカリは何度となく射精し、ミスティが昇りつめたのも、その肉体の反応から明らかであった。だが、何度達してもセザカリの器官はそのこわばりを維持し、その舌はミスティの秘所を責め続けた。

何度目かの、しかし、初めてと言ってもいい凄まじい昂りが彼を連れ去ろうとしたとき――不意にすべての情動が停止した。

彼は、否、二人は柩へ近づく気配を感じたのだ。

女ではない。男の気配だ。

まさか。

心臓がひとつ、とんと鳴った。太古より甦った二人は、〈新宿〉の魔性《ましょう》を知らなかったのだ。

「聞こえるか？」

と世にも美しい声が問うた。

「よくここがわかったの」

応じたのは、ミスティであった。すでに昴りの名残りも去った声は、戦いの準備を終えている。それなのに、どこか楽しそうな響きを拭えないのは何故だ。

「道標《みちしるべ》が続いていた」

「ほほう」

「一緒に来る？　それとも――」

「腕ずくで連れて行くか？」

ミスティは軽蔑でふくれ上がった声で訊いた。

「世迷《よま》い言《ごと》を。いま相手をしてやろう。おまえも、この柩の中でわらわと石の褥《しとね》を共にする仲となれ」

「面倒はやだね」

「何イ？」

灼熱《しゃくねつ》の怒気《どき》を放って、ミスティは柩を出ようとした。だが、その眼はかっと驚きに見開かれた。蓋が開かないのだ。

「中身のある荷物は梱包《こんぽう》しないとね」

外の声は静かに応じた。柩は不可視の鋼糸でもって十文字に封印されていたのである。

「へわたしを待ってる人がいる」

国鉄のテーマを口ずさみながら、せつらは右手を上げた。

数百キロを超す石の柩が、ふわりと浮き上がったのである。ここを突き止めたとき張り巡らせた妖糸による梃子《てこ》の応用だが、その原理も実行法も知るのは彼のみだ。

柩は宙に浮かんだ。のみならず最初から大きく左右に揺れはじめた。揺れが限界に達したとき、それは天井と壁をぶち破って世界へ飛翔するのだ。

だが、侵入者もこの時、新たな気配を感知してい

た。

　柩の右横にスチール製の折り畳みテーブルがあった。その上に粘土を焼いた壺《つぼ》が置かれていた。

　塞《ふさ》がれていない広口から、数千の黒点が舞い上がったのだ。それは、おびただしい虫の雲海と唸り声のような羽音《はおと》に姿を変えて、せつらめがけて押し寄せたのである。いかに神出鬼没《しんしゅつきぼつ》の妖糸とはいえ、数千の虫を防ぐ術《すべ》があるはずもない。

　それはスカラベの群れであったが、その役割を見ればわかるとおり、王宮の寝所における防禦《ぼうぎょ》策のひとつとして改良を加えられていた。のみならず、単なる煙幕、目つぶしに留まらず、肺付近に植えつけた毒嚢《どくのう》と臀部《でんぶ》の針で決定的な殺戮《さつりく》者と化したのである。

　せつらが黒く変わった。彼はコートを頭から被って虫の攻撃を防いだ。そして、スカラベを見た刹那《せつな》にコートの内側の殺虫ガスのボンベの口をひと捻《ひね》りしたのである。スカラベ用ではない。〈新宿〉に巣食う一〇〇種以上の毒虫、昆虫に対する常備品だ。

　噴出するガスはみるみる室内に充満し、押し寄せる殺人虫を黒い雪崩《なだれ》のように床へ落とした。

　コートを下ろした美貌は、薄明《はくめい》の中で妖しくかがやいた。

「古い国に殺虫剤はなしか」

　小さくつぶやいてから、

「行くよ」

　と柩にかけた声は、戦いの痕跡など少しも窺《うかが》えぬ茫洋たるものであった。

「待て」

　ミスティの声であった。

「ノン」

　いっとき停滞した石棺はまたも無人の反動をつけて廃墟の屋根をぶち抜き、凄まじい速度で空中へ躍り出るや、〈歌舞伎町〉の方へとまっしぐらに飛翔して行った。

　白い院長の待つ〈メフィスト病院〉の方角へ。

このとき、〈新宿〉の上空にはあの鳥がとんでいた。鋼のかがやきを眼にすると、鉄をも穿《うが》つその嘴《くちばし》で嚙《か》み切らずにはいられない習性を持った鳥であった。

〈若松町〉の西端に立つ電柱の半《なか》ばに、切断された刀の切尖《きっさき》が浅く刺さっていた。

二年前、〈大京町〉で暴力団同士の抗争が勃発《ぼっぱつ》し、うちひとりが、流れ者の妖術師に依頼し、手持ちのナマクラを、あらゆる金属を切断し得る妖刀に鍛錬《たんれん》してもらった。妖術師は約束を守った。敵対組織のあらゆる防禦服を切り裂いた刃《やいば》をへし折ったのは、仲裁《ちゅうさい》に入った通りがかりの若者が手にした木刀であった。切尖は数キロの距離をとんで、現在《いま》ある電柱に刺さった。切れ味は鈍《にぶ》ったかどうか。

〈新・区役所通り〉を登りきる手前で営業中のコンビニへ、レーザー・ガンを手にした強盗が押し入ったのは、石棺が〈歌舞伎町〉の上空に達したのと、ほぼ同時刻だった。

レジの現金とカードの記憶巣《メモリ》を奪った犯人は、出がけにレジ係の反撃を受け、マグナム弾に背骨を粉《ふん》砕《さい》された。断末魔に放ったレーザーは四度《よたび》空中に真紅の光条《ライン》を引いてから、通りかかったタクシーのガスタンクを貫いて、通りに炎塊《えんかい》を創出した。

〈河田町《かわだちょう》難民アパート〉に並ぶあばら屋の一軒に、石の柩がとび込んで来たとき、家にいたのは、独《ひと》りっ子の津川省平《つがわしょうへい》だけだった。来年中学入学の歳になる少年は、母親の留守を、ＰＣの有料ゲームで埋めていた。

天井を突き破って来た石棺は、間一髪《かんいっぱつ》省平をそれて、六畳間の床に半ばめり込んで止まった。

少年が真っ先に手をつけたのは、崩れた壁の向こうからこぼれたＰＣチップやライターの爪《つめ》、電磁波発生装置のミニ・パネルといった盗品の整理であった。

外のチャイムを無視して、埋め戻していると、いきなり、

「何をしておるのだ？」

それは生の声ではなく、直接脳に訴えかけてくるテレパシーじみた「声」であったが、初めての少年は眼を丸くしてふり返った。

「あんた——誰？」

と尋《たず》ねるまで時間がかかったが、これはミイラ・ルックと美貌のせいだ。

「まず、おまえが名乗れ、無礼者め」

少年——省平はすぐ名乗った。

「わらわはミスティ。今の世の誰も知らぬ遠い時代に、レーヌを支配していた女王じゃ。柩のいましめが緩《ゆる》んだものか」

省平はようやくうなずいて、

「何だよ、イカレポンチか——ミイラの格好も、ようやくわかったぜ。今、救急車呼んでやっから待ってな」

「そのようなものは要《い》らぬ。それより、馬車を用意せよ」

「馬車あ？」

「早《はよ》うせい。わらわの寝所を別の場所に移すのじゃ」

「ならトラックだよ。金あるのかい？」

「金？」

「そうだよ、こかあんたのレーヌとかいう国じゃねえ。ロハで働いてくれる人民はひとりもなし。動かすにゃあ金だ、現金《げんなま》、キャッシュ」

まくしたてながら、わかるかなと思った足下《あしもと》に、星座のようなきらめきが散った。

「はあ？」

「わらわが身罷《みまか》ったとき、天上の国で不自由せぬように身につけておいた宝石《いし》じゃ。わらわを裏切った外道《げどう》どもはすべてを取り上げたつもりであったろうが、さすがに死者を護《まも》る聖なる布の中までは、汚れた手をのばさなかったのじゃ」

省平は、憎悪のこもる声を聞いていなかった。

足下のきらめきのひとつを手に取って、感動に近い声を絞り出した。

「本物のダイヤだ」

第四章　女王様のお通りだ

1

「わらわは偽物《にせもの》など持たぬ」

ミスティは誇りと怒りを混ぜ合わせた声を出した。

「よくわからぬが、それひとつでこの蕪雑《ぶざつ》な街の半分は買い取れるはずじゃ。後は好きに使うがよい」

「…………」

省平はぽかんと口を開けたまま、包帯だらけを見つめている。

「何をしておる？　早急にその宝石で馬車を連れてまいれ」

切り捨てるような物言いに、我に返って、

「それじゃ駄目なんだよ。いきなりこれで馬車をよこせとはいかないんだ。これをお金に替えなくちゃならねえのさ」

「金？　――そうか。下々《しもじも》の者たちが欲《ほ》しがっておった品じゃな」

「今じゃ下々も上々《かみがみ》も欲しがってるよ」

「とにかく、替えてまいれ」

「もう夜だ。明日にしようぜ」

「ならぬ。追われておるのじゃ。ならば、馬車を売るところへ案内《あない》せよ。わらわが直接交渉する」

「いや、それは……」

なおも反抗しかけ、省平は硬直した。自分を見る眼に気づいたのだ。真紅《しんく》の眼を。彼の全身から闘志と生気が消滅した。

「どけ」

こう言って、ミスティは前進した。あわてて横にのいてから、玄関へと向かう後ろ姿へ、

「ちょい待ち。どこまでイカれてんのか知らねえが、こか〈新宿〉だぜ。〈魔界都市〉だ。それはわかってるよな？」

「名前だけは、な」

包帯だらけの手がドアノブにかかった。

「わかってねえなあ、もう。この街にゃ化物がウヨウヨいるんだ。あんたみてえな無知モーマイな女がひとりで出てったら、一発で食われちまう。それによ、どこで車——いや、どこで馬車買うか知ってるのか？」

ノブを廻《まわ》した手が止まった。

「それもそうじゃな」

「な、明日案内してやるよ。だから、泊まってきな」

親切ごかしに声をかけているが、よく考えてみなくても、これはただの女じゃない、と省平はわかっている。空から落ちてきた石の棺桶《かんおけ》に入っていた。しかも、ここがどんな街かも知らず、おまけに、放り投げた宝石を取り返そうともしない。途方もない金持ちだ。こんなとき、誰もが考える思考が、少年も駆り立てた。

甘い汁が吸える。

それにはこの女ミイラを手離してはならない——ミスティの外出を止めたのは、こう閃《ひらめ》いたためだ。

じきに母も帰って来る。天井を見たらびっくりするだろうが、宝石がすべてを解決してくれる。母も味方になってくれるだろう。

「まいれ」

と来た。

「え？」

「ここがどこだろうと、レーヌより危険な場所であるはずがない。摩訶不思議《まかふしぎ》なところとも思えぬ。だが、地理だけはわからぬ。案内せい」

「だから——ほら、もう暗くなってきた。明日にしようよ」

まくしたてる省平の首に、流れ寄った包帯が巻きついた。

「ぐぐぐ」

「まいれ」

夢中でうなずいたが、布はほどけなかった。それでも少しは楽になった喉《のど》で、

「苦しいよ、ほどいてくれ」

「ならぬ。奴隷《どれい》は常に主人《あるじ》に対して反乱を企《くわだ》てておる」

「ドレイ?」

二人は外へ出た。

数人の男女がやって来るところだった。近所の連中だろう。ミスティを見て、ぎょっとしたが、すぐ納得した。

「屋根に大穴が開いてるぜ」

「ジェット機の部品でも落っこちて来たのか?」

「何だ、これは?」

あらゆる質問を、省平は何でもないの連発で切り抜けた。

薄闇がスラムを染めている。

まだ人影は見えない。働き手が帰って来るまで、もう少しかかるのだ。代わりに、ブレーキ音や警笛《クラクション》がやかましい。〈新宿〉――〈魔界都市〉が息づくためのファンファーレだ。

「馬車の売り手はどこじゃ?」

「時間決め? それとも買う?」

「買おう。御者《ぎょしゃ》ともどもじゃ」

「御者には金を払う?」

「むろんじゃ、わらわの父も母も兄も吝嗇《りんしょく》家であったが、わらわは違う。正当な労働に対しての対価は保証する」

「難しいこと言うなあ。もっとわかりやすく言ってくれよ」

「女王と奴隷の教養の差じゃ。やむを得ぬ」

「わかったよ。とにかく運転手――御者にも金払ってくれるんなら――よっしゃ、おれがやってやるよ」

家で貰《もら》った宝石で一生食っていけると省平は判断していた。しかし、欲というのは底がないものだ。特に貧乏人の身には。

「んじゃ、行くか。いちばん近いレンタカーの店は――まあ、いいや〈歌舞伎町〉まで行っちゃえ」

通りかかったタクシーへ、省平は手を上げた。勿《もち》論《ろん》、この時点で彼はミスティの正体はともかく、金払いのいいイカレポンチだと思っている。

タクシーが停《と》まると、運転手がミスティの格好を見て、訝《いぶか》しそうな表情になったものの、そこは〈新宿〉のタクシー、黙ってドアを開けた。

「何じゃ、これは？」

入る前にミスティが訊《き》いた。

「小さな馬車だよ」

「これが馬車か？」

「そうそう」

「御者も馬もおらぬぞ」

「前が出っ張ってるだろ。そん中に隠れてるのさ。さあ、乗った乗った」

〈靖国《やすくに》通り〉に入って、〈新・区役所通り〉とぶつかる交差点で停まるまで、ミスティは窓から外を眺《なが》め続けていた。好奇心は旺盛《おうせい》らしい。

タクシーを降りてすぐ交差点を渡る。エイリアンやら透明人間やらＧＯＤＺＩＬＬＡやらのコスプレ・マニアが右往左往《うおうさおう》しているから、包帯をなびかせるミイラ姿くらいでは少しも目立たないのか、関心を示す奴《やつ》もいなかった。

通りを渡ったところ、四季の道の出入口の三軒右隣に、〈新宿レンタカー〉のネオンが点《とも》っている。

その前まで来たとき、

「おい、省平」

と凄《すご》みたっぷりの声がかかった。危《やば》い感丸出しの表情でふり向くと、服装といい髪型、雰囲気といい、チンピラそのものの男たちが立っていた。先頭のひとりは、若頭《わかがしら》クラスの貫禄《かんろく》があるが、後はその予備群——目下《もっか》、チンピラだ。

「あ、どーも」

卑屈《ひくつ》に頭を下げて、愛想《あいそ》笑いを浮かべる省平を、完全に侮《あなど》った顔で眺めてから、ミスティに眼をやり、また戻して、

「おめえ、何でこんなところにいるんだ？　うちの

『ティーンズ・クラブ』の出欠のチェックがあるだろ？」

と若いひとりが咎《とが》めた。

「いや、ちょっと、急用で」

「うちの仕事より大事な用があるのかよ？　舐《な》めたことぬかすなよ」

「いえ、その」

愛想笑いもこわばる顔が、がつんと鳴った。先頭の若頭ふうが、いきなりフックを放ったのだ。

のけぞった身体《からだ》がミスティにぶつかって止まった。支《ささ》えられたのである。

「す、すんません」

と省平は鼻血を拭《ぬぐ》いながら言った。

「すんませんじゃねえんだよ、この餓鬼《がき》」

男は鳩尾《みぞおち》を蹴《け》った。二つ折りになった省平の口から、黄色い胃液がこぼれて舗道《ほどう》に飛沫《しぶき》をとばした。

通行人が素早く避《よ》け、素知らぬ顔で流れていく。

「すみ……ません」

声にならない呻《うめ》きを愉《たの》しむように、男は莫迦《ばか》野郎と言いざま、二発目の蹴りを放った。

それは空中で止まった。

「？」

男は尖《とが》った靴先を見、それを摑《つか》んだ繊手《せんしゅ》と手の主に眼をやった。

「この女《あま》」

怒りと、これからどうしてくれようという嗜虐《しぎゃく》に満ちた表情が広がり、すぐに訝しげなそれに取って替わった。引こうとした足が、びくともしないのだ。それどころか――

万力《まんりき》で締《し》められるような痛みが指先に走った。まさか、女の細指が。

「この者は、わらわの従者じゃ。無礼は許さぬぞ」

男とチンピラたちは顔を見合わせた。声ではなかったからだ。

こいつは？　とただのミイラ女ではないと気づいたとき、男は突きとばされた。

この街では珍しいことではないが、一〇メートルも宙をとんで、頭からアスファルトに激突するのを眼《ま》のあたりにすると、話は別だ。

「野郎⁉」

と散った男たちは四人いた。残る二人は、吹っとんだ男に駆け寄っている。通行人があわててとびずさる。

〈新宿〉のチンピラだけあって、みな匕首《あいくち》と拳銃を携帯していた。対人用ではなく、対怪物用だ。眼の前の包帯女がその類《たぐい》なのは間違いなかった。匕首が月光に光った。

「わらわに刃《やいば》を向けるか？　面白い」

ミスティは高らかに笑った。

「過去にそうした者たちはみな、ナイルを泳ぐ鰐《ワニ》の餌《えさ》となった。首と四肢《しし》とを胴から切り離されてな。ここに川はない。鰐もいないが、同じ目に遇《あ》わせるのは簡単じゃ」

「おお、やってみろ」

ひとりが凄んだ。アドレナリン分泌《ぶんぴつ》用の昂揚《こうよう》剤を服《の》んでいるらしく、怯《おび》えたふうはない。

「まいれ」

とミスティが誘った。自信満々たる声であった。

男たちは一斉《いっせい》に突っかけた。

ぽっ、と黄色い煙塊《えんかい》が四人を呑《の》み込んだ。包帯の隙間から生じたものである。それがどのような地獄の成分から出来ていたのか、ひと呼吸《いき》へ通した男たちは喉を掻《か》き毟《むし》りながらのけぞったのである。その鼻と口を覆《おお》った黄煙《こうえん》は、みるみる赤く変わった。

「レーヌには毒薬調合専門の店が千軒はあった。これはその中で最も非力な薬を霧状にして包帯にまぶしたものじゃ。どうじゃ、苦しいか？」

四人は胃の中身を路上に撒《ま》き散らしていた。二人はついに倒れた。後の二人はかろうじて立ち直った。

「ほお。レーヌにもいた毒人間か」

「うるせえ。おれとこいつは兄弟でな。いつも毒攻撃用の解毒剤を服んでいるのよ。畜生《ちくしよう》、こいつは効《き》くぜ」

二人の唇から、長い血の糸がしたたりはじめた。

ミスティが軽く跳躍して、二人の前に立った。

「いずれ死ぬ身じゃ。その前に、おまえたちの上役も、冥界《めいかい》へ送ってつかわそう」

あちこちから垂《た》れていた包帯の一本が、しゅうと一〇メートルの彼方《かなた》で上体のみを起こしている若頭へとのびた。

その喉に巻きついて引き寄せたのには、滑《なめ》らかに見えて、凄《すさ》まじい力が加わっていたに違いない。

まだ昏迷《こんめい》状態にある男の顔へ、笑いかけると、ミスティの両手が閃いた。眼の前の藪《やぶ》でも掻き分けるような動きが二度示された。

二人が、恐怖に凍りついた。

若頭の顔は、きれいに髪の毛も肉も眼球も引き剝《は》がされた髑髏《どくろ》と化していたのである。

轟《とどろ》きに近い叫びが上がった。見物人たちの恐怖の声だ。

「ふむ、よくできた」

とミスティはつぶやき、両手で髑髏の顎《あご》を押さえた。かくん、と骨の外れる音がして、男の首から下は路上に崩れ落ちたが、そちらには眼もくれず、手にした髑髏を見つめる包帯の間の眼差《まなざ》しは、完成したばかりの作品を眺める芸術家のように恍惚《こうこつ》たるものであった。

チンピラたちを残して、彼女は省平に近づき、まだへたり込んでいる血まみれの顔の前に、それを差し出した。

「おまえに血を流させた報《むく》いじゃ。敵の首《しるし》を受け取れ」

「ややややや」

と少年は声をふり絞った。いやだと言ったのか、やめてくれと言ったのかはわからない。

「要《い》らぬか？」

「いいいいい」

「おかしな奴め。おまえの代わりにこしらえた飾りものじゃ。ほれ」

くっつくほど近くへ突き出されたとき、ようやく声が出た。

「や、やめてくれ。要ら要ら要らないよお、そんなもの」

血は殴られたときのものだが、いま噴《ふ》き出した汗は、ミスティの行為によるものだ。いや、この場合、好意と言ってもいいが、その効果たるや。

すう、と髑髏は離れた。

「要らぬなら、わらわが貰っておこう。何かの役に立つ」

「どどどどど」

これは明らかに、どんな役に立つ？　と訊きたいのだが、返事はない。

「さあ、立て——馬車屋は眼の前じゃ」

片手が少年のシャツの襟《えり》にかかるや、彼は重さのない紙みたいに立ち上がった。

「さ、行くぞ」

若頭の髑髏をミスティは腰につけた。鉤《かぎ》もないのに、それは半ば口《なか》を開けたまま固定された。

2

ざわめきが上がった。二人を囲む人垣の〈新・区役所通り〉寄りの一部が崩れ、二人の制服警官が現われた。ひとりはレミントンのM97スライド式ショットガン、もうひとりは四菱《よつびし》重工製のレーザー砲《キャノン》「貫《つらぬき》」を手にしている。安全装置は署内で渡された瞬間に外してあるはずだ。

「散れ！」

ひとりが叫んだ。それは天上へ向けたM97の重く深い銃声に掻き消された。人垣は揺れたが、崩れなかった。逃げ出そうとした観光客を苔《こけ》の生《は》えた〈区民〉が押し留《とど》めたのだ。

「えーい」

警官は舌打ちして、銃口を下へ向けた。足下《あしもと》の地面が、ＯＯ《ダブル・オー》バックの直撃を食らって砕けとび、何人かがその一部を足に食らってぶっ倒れた。人垣は一気に崩れた。

「動くな――射《う》つぞ！」

あまりにも使い古された脅《おど》し文句だが、〈区外〉なら警告だ。〈新宿〉だと――

もうひとりの警官の三〇ミリ・レーザー砲が真紅の光をミスティの右腿《みぎもも》へ放った。

それは確かに包帯ごと腿を貫通し、前方のアスファルトさえ蒸発させたのである。

「ほう――止まれと命じて聞かねば射つか」

ミスティはぴくりともせず言った。腿には三センチの円孔《えんこう》が開き、向こうの光景も見える。

「気に入ったぞ、ますますレーヌに似ておる。不幸と死と魔とが棲《す》むわが都にな。だが、わらわに左様《さよう》な真似《まね》は許さぬ。雷《いかずち》を放つ者はわらわひとりじゃ。わらわに向けるのは決して許さぬぞ」


次に起こったことを、地に伏した省平だけは理解していたかもしれない。

ミスティが軽く地を蹴った――と見る間に、彼女は二人の警官の前に立ち、両手をふるった。

制服を着た二つの髑髏を眼にした瞬間、さすがの〈区民〉たちも声を失った。その無残さよりも、髑髏製造の手際《てぎわ》の良さに感動して。

「これで三つ。護衛どもが増えるわい」

髑髏のみを外して腰へ付け、ミスティはまたレンタカー会社の方へと歩き出した。

ドアの前から小さな影が〈明治《めいじ》通り〉の方へ走り出した。

包帯がのびて、その腰に巻きつき、停止させた。

「痛《いて》てて」

と喚《わめ》いたところを見ると、骨まで食い込んでいるらしい。

「何処《どこ》へ行く？」

「逃げるんだよ、莫迦」

「何と申した？」

包帯に力でも加わったのか、省平はぎえぇと硬直した。

「警官を殺したら、この街じゃ生きてけねえんだよ、とっとと逃げろ」

「馬車を調《ととの》えてからじゃ」

「そのドアから入れ。後は金さえ出しゃ、みぃんなうまくいくよ。じゃね」

必死の形相《ぎょうそう》で別れを告げたが、こちらはそんなこと考えてもいないらしく、

「まいれ」

とドアを開けた。

背後がざわめいた。

先にふり返って、省平は夜目にも血の気を失った。

先刻のチンピラどもとは格が違う、ダークスーツにネクタイの男たちが近づいて来るではないか。トレードマークのつもりか、全員サングラス着用だ。

「とうとう……出て来た……近くにいたのか」

「どうした？」

ミスティの問いかけに答えたのは、サングラスのひとりだった。

「『鬼風会《きふうかい》』の者だ。下《した》っ端《ぱ》をえらい目に遇わせてくれたようだな。〝眼〟をとばしといてよかったぜ」

〝眼〟とは、偵察用の簡易飛行装置――ドローンの意味だ。

あらゆる法機関、非合法組織は、〈新宿〉の動向を調べるべく、無数の〝眼〟を放っている。大概《たいがい》は磁力場飛行で、蚊《モスキート》サイズのものまであるというから、世の中プライバシーなどないに等しい。ただし、撃墜《げきつい》される率も異常に高く、サイズの変更も考えているという。

「うちの若いのを大層《たいそう》な目に遇わせてくれたらしいな。少し付き合って、けじめをつけてもらうぜ」

「けじめ？」

ミスティの眼差しが変わった。奴隷を見る王族の

ごとく。

「馬車が先じゃ、無礼者」

「馬車？」

男の視線は省平に移った。この女少しおかしいのではないか、という眼つきである。省平はうなずいた。

「馬車なら、俺たちのところにもあるぜ」

と男は言った。右手は上衣《うわぎ》の内側へ滑《すべ》り込んでいる。他の連中もだ。この場でぶち殺してもいい——その考えが、いまの嘲辞《ちようじ》を吐かせた。

ミスティはふり向いた。

「馬車がある？」

「おお。こんなところのよりも、ずうっとでかくていい馬車がな」

「ならまいろう。嘘《うそ》ではあるまいな？」

次の瞬間、男は凍結した。彼を映していた瞳が、真紅に染まったのだ。

「もしも、その言葉を違《たが》えたときは——死ぬだけでは済まぬぞ」

「お、おお」

男は凄みを利《き》かせて、背筋も凍る恐怖を消そうと努めたが、上手《うま》くいかなかった。幸い、ひとりとして軽蔑《けいべつ》する者はいなかった。

ミスティの背後で、省平が包帯を押し上げて身を翻《ひるがえ》した。

だが、布は器用にねじれてその手を呪縛《じゆばく》してのけた。

「いててて」

「おまえもまいれ」

「やだあ」

「何故《なぜ》じゃ？　こ奴は馬車を用意すると申しておる」

「嘘っぱちだよ。こいつは〈新宿〉でも三本の指に入る暴力団の幹部なんだ。下っ端を殺《や》られたフクシユウをするつもりだよ。ついてったら焼かれちまう」

「面白い」

ミスティだ。

「本当にそうなるかどうか、見届け人が要る。ついてまいれ」

そして、少年を抱え、三つの髑髏を腰につけた美女は、静かに男の方を向き直り、

「名前は？」

と訊いた。

「大友《おおとも》だ」

「わらわはミスティじゃ。連れて行け」

と命じた。

路肩には黒塗りのリムジンが三台停まっていた。控えの男たちが無言の威圧で通行人を押しのけ、道を作った。

二人は先頭の後部座席に乗り、大友が前の席に坐《すわ》った。

これで籠《かご》の鳥である。だが、この鳥は不安なところは微塵《みじん》もなく、捕らえた男には自信のかけらもない。運転手ともども薄気味悪そうな顔がその証拠だ。

〈四谷〉の方へ走り出してすぐ、フロントグラスに白いものが付着した。黒く抜かれた眼と口を備《そな》えている。

「けっ」

と放って運転手がワイパーで削《そ》ぎ落とした。そこへまた同じものが次々に貼りついた。当然、スピードは出ない。

「何だ、こいつらは？」

大友の叫びに、

「小物の死霊《しりょう》です。けど、今夜はやけに多いな」

運転手が応じた途端、天井に何かが落ちて来た――その瞬間、明らかな嘴《くちばし》が天井をぶち抜いて、運転手の頭を咥《くわ》えた。ぶちり、と首が取れた。

少年が悲鳴を上げ、大友ものけぞる。

ひとり平然と、

「何事じゃ？」

「夜の鷹《ナイト・ホーク》だ。だが、普通の車を襲うなんてことはねえ。どうしてだ⁉」

大友が小型の自動拳銃《オート》を抜くや、鋼《はがね》のような凶器へ引金《トリガー》を引いた。

弾丸は跳ね返らなかった。血まみれの嘴に拳《こぶし》大の穴が次々に開いた。炸裂《さくれつ》弾だったのだ。

天井がまた抜けた。大友の肩に食い込んだのは、三本の爪であった。

「ぶつかるう⁉」

省平の叫びにミスティが身を乗り出して、嘴と爪に触れた。

天井の彼方で悲鳴みたいな叫びが上がり、どちらも引っ込んだ。

織手が大友の髪を摑んで、運転手の死体の方へ叩《たた》きつけた。

大友は無事な左手でホイールを摑み、夢中で路肩へ寄せて停めた。

「情けない奴よのお。鷹《たか》の爪くらいでオタオタいたすな」

「鷹って――わかるのか？」

大友が荒い息をつぎながら訊いた。ようやくこの女の正体に気づきはじめたらしい。

「あれの一〇倍も大きな奴が一〇〇〇匹以上、毎年の〝空の月《いころ》〟にレーヌを襲ってまいった。はは、すべて射殺し、焼いて奴隷どもにくれてやったわ」

呆然《ぼうぜん》とこの言葉を聞いていた大友が、省平へ血走った瞳を向けた。

「この女《あま》――これか？」

左手を頭の横で廻した。

「た、多分。でも――早いとこ離れないと、おかしなのばっかり寄って来ますよ」

そこへ、後ろのリムジンの男が運転席のドアを開けて顔を出した。

大友は運転手の死体をそちらへ押しつけ、代わって運転しろと命じた。

死体を引きずり落として、血まみれの席へ移ろうとした男が、前を見て、ひっと身をすくめた。

その視線を追った大友と省平も青ざめる。

〈靖国通り〉の前方から、白い影たちがゆらゆらと近づいて来るではないか。

白い長衣《ちょうい》をまとった人間たちだ。街灯は点っていないのに、月の光だけで、青白い恨《うら》めしそうな顔が、はっきりとわかる。

「みんな死霊だ——どうして⁉」

呻く大友へ、

「わらわの迎えじゃな」

とミスティが口を開いた。その内容よりも平然たる口調に全員が口を開けてしまった。

「わらわが帰して来よう。どれ」

と降りようとしたが、ドアは開かなかった。開け方がわからないのだ。

あわてて省平が手をのばした。

白い群衆はすでに車から五メートルまで迫っていた。

路傍《みちばた》の観光客がその屍衣《しい》に触れただけで血を吐き、倒れていく。車たちは向きを変え、変え損《そこ》ねて車同士がぶつかり、歩道へ突っ込んで何人かはねとばした。

誰も止めようのない死霊の行進だ。

それが、ぴたりと止まった。

ミスティが右手をひと振りしたのだ。

大友が息を呑む。

フロントグラスの前には、車も絶えた夜の〈靖国通り〉が白々《しらじら》と続いているばかりだった。

「どおれ」

と戻って来て、勢いよくドアを閉めたミスティを見つめる三対《つい》の眼には、怯えしかなかった。

リムジンは、〈四谷三丁目〉の駅近くに建つ廃墟《はいきょ》のひとつに滑り込んだ。瓦礫《がれき》と化したビル群の中に一カ所、五〇台は駐車できるスペースがあった。もとは駐車場である。

三台が並ぶとすぐ床は下方へ、かなりの速度で沈みはじめた。

二〇メートルほどで止まった。前方に通路が控えている。

三台がそこへ入るとすぐ、床は上昇を開始した。

駐車場の向こうは新たな駐車場であった。全員がそこで降り、ミスティは大友に、

「案内せい」

と命じた。この女がとんでもない玉だと理解した大友は黙って従った。

右方に鉄のドアがある。

その前に立つとすぐ、ドアは開いた。

超高級マンションにも劣《おと》らぬ内部であった。入ってすぐ左手で五〇畳ほどもある応接室がミスティを迎えた。

「いま会長に話をしてくる。ここで待て」

と告げたやくざへ、

「面倒じゃ。わらわが行く。案内せい」

「待てったら」

「うるさい」

細い指が大友の喉を摑んだ。

「もうひとつ、髑髏があってもかまわぬぞ」

「――わ、わかった。ついて来い」

喉が自由になっても、大友はしばらく声も出なかった。

3

〈靖国通り〉からの連絡で、トラブルの内容は摑んでいたし、その張本人が事務所へ到着したのも会長室へ来るのもわかってはいたが、ノックもなしで入って来るとは想像の外だった。しかも――女だ。

後ろの大友をとっちめてやろうと、会長・高野義《たかのよし》文《ふみ》が喚き出す前に、ミスティは凄まじい早足で部屋を横切り、彼の前に立った。途中のソファやテーブ

ルは軽い手のひとふりで吹っとび、横の壁に激突した。

「だ、誰だ、てめえは？」

さすがに驚きの声である。

「馬車屋の亭主はおまえか？　最上の馬車を用意せい。金はくれてやる」

真っ向から精神言語で浴びせかけたから、高野の短躯《たんく》は怒りに震えた。

「大友——てめえ、どういうつもりでこいつを連れて来やがった？　さっさと手足と舌を切り取って地下のショーに出すか、バラして肉屋に流しちまえ」

「ほう、面白い。ここにもそんな始末の仕方があるのか」

ミスティは眼を丸くした。

「レーヌの獄卒《ごくそつ》が女囚人どもにやってのけたのと全く同じじゃ。だが、それをわらわに当て嵌《は》めるというのは許せぬなあ」

大友の顔面が蒼白《そうはく》となった。


「会長——逃げてくれ！」

「何ィ？　ふざけるな」

高野はテーブル上のコンソールを作動させた。彼の周囲二メートルに防御帯《ぼうぎょたい》が張られる。一年前、アメリカのGE社が販売を開始した家庭用防禦帯は、犯罪者の侵入や、家族内での乱闘における逃避空間《スペース》として〈新宿〉で売り出すや、五〇〇万円という値段にもかかわらず、暴力団関係者から一般市民まで、多くの利用者がいるという。バズーカ砲の直撃までは防げるし、放射線も熱も通さない。最近では、米軍が開発したカリフォルニア型《タイプ》の超小型核爆弾がテロリストの手に渡っているというから安泰とはいえないが、高野はさして気にも留《と》めていなかった。

卓上のマイクを摑み、外の大友に向かって、

「早いとこ始末を——」

と命じた途端、確かに防御帯を張った位置からすうと二本の手がのびて、その猪首《いくび》を摑んだのだ。

蒼白の暴力団会長に向かって、

「このような子供騙《だま》しなら、レーヌにもあった。水の力を利用したもので、『霧の壁』と呼ばれておった。しかし、おまえは別の用に使っているらしいの」

ミスティは左手一本で高野を吊《つる》し上げた。

上はトレーナーだが、下半身は剝《む》き出しであった。代わりに別のものが覆っていた。全裸の女が。デスクの下に隠れて奉仕に励《はげ》んでいたらしく、毒々しいルージュを塗りたくった唇は、チビの会長にふさわしい萎《しな》びた品を咥え込んでいる。ミスティの方をふり向く様子もないのは、

「性女像か」

とミスティは笑った。

「レーヌでは、砂を固めて生命《いのち》を吹き込んだが、この街では、実体を持つ幻《まぼろし》か。さぞや楽しいであろうな」

高野の返事は、

「うぐぐ」

であった。フェラチオの快楽と圧搾《あっさく》の苦悶《くもん》がせめぎ合っているのだ。

ミスティの眼に妖《あや》しいものが滲《にじ》んだ。

「せっかくの愉しみを邪魔した詫《わ》びに、幻よりも実際の女の快楽を味わわせてやろう。消えい」

右手のひとふりで、幻の性女を消滅させ、ミスティは高野の股間のものを眼前まで下ろした。

「な、何しやがる？　大友何とかしろ！　お？　うううう」

最後の呻きは快楽のそれであった。

「おれは——長く保《も》つのが自慢だ。ゴリラ並みと言われてる。単なる遅漏《ちろう》って噂《うわさ》もあるが違うぞ。しかし——これは、おおおお、『キッス・ガーデン』の裕子《ゆうこ》より上手いぞおおおお」

最後は低くなって消えた。

「早射ちじゃの」

引いたミスティの唇と高野の先端を、光るすじが

つないだ。

「馬車を用意せよ。そのためにわらわは来た」

高野は肘《ひじ》かけ椅子《いす》にもたれ込んでいる。蒼白で白眼。全身の精を一気に吸いとられてしまったのだ。

高野を下ろし、

「馬車へ案内せい」

と命じたところで、省平が悲鳴を上げた。

彼を抱き上げた男を先頭に、大友を押しのけて、五人ばかりのスーツ姿がとび込んで来たのである。

「会長——ご無事で⁉」

省平を捕らえた男が叫んだ。その後ろの女を見て、省平も絶叫した。

「お、お袋⁉」

省平ともども室内へ押し出されたのは、地味な服装の中年女だった。

「ほお、おまえがこの坊主《ぼうず》の母親か——よく似ておるわ」

こう言っても、ミスティはそれ以上の関心を示さず、局部を露呈した高野を向き直った。

男たちのひとりが、

「何してやがる、この化物女《あま》——会長から離れろ。でねえとこの二人を眼の前でぶち殺すぞ」

ミスティは、ちらとそちらへ視線を向けて、

「いっこうにかまわぬが、ここまでわらわを案内した功は無視できぬ。その二人に指一本触れたら、おまえたちの誰も彼も仲間に殺されずにはいまい」

「な、なにぬかしやがる。おお、やってみろ」

とベレッタM92Fを抜いた刹那《せつな》、その喉笛《のどぶえ》に白いものがかぶりついた。それはミスティの腰についていた、ここの若頭の髑髏であった。

「次は、役人が相手じゃ」

三つの髑髏が宙に舞い、生前の職業を思い出したかのように、下にいた残りの組員も咬《か》み殺したのである。

血煙《ちけむり》を上げて倒れた男たちと一緒に、髑髏もつぶれた。

「やめろ！　その女に逆《さか》らうな」

大友の指示に、高野も凍りついた。他に耳を貸す組員はいない。

鈍《にぶ》い音が届いた。爆破音である。警報が鳴り響いた。

「『海神興業《かいじん》』の奴らですぜ！」

大友が拳銃を抜いた。敵対組織に襲撃されたらしい。

たちまち銃声が連続した。

「会長——ドアを！」

大友の叫びに応じて、高野がコンソールに手をのばす。

スチール製のドアが、モーター音とともにこの部屋を世界から遮断《しゃだん》した。

「他の部族から襲撃を受けたか」

ミスティが面白そうに言った。

「この国も変わらぬな、いや、面白い。おや、粗末なものがすくみ上がっておるぞ」

高野があわてて、股間を手で隠蔽《いんぺい》した。

「何があったのよ⁉」

省平の母が眼を吊《つ》り上げた。

「蛮族《ばんぞく》の襲撃じゃ。こちらへまいれ」

ミスティは手招きして、やって来た三人を自分の背後に廻した。大友もいるのを、

「おまえは行け」

と突きとばす。大友は部屋の隅《すみ》までとんで、壁にぶつかり、床に落ちた。

スチールドアが、どんとこちらへ凹《へこ》んだ。もう一撃。ドアを支えるコンクリートの壁と天井と床に亀《き》裂《れつ》が走る。

三発目でドアは倒れた。

入って来たのは、身長二メートルを超す人間型の制圧マシンであった。個人用防禦服の大型と思えばいい。内蔵した流体電池の生み出すパワーは二万馬力に迫るはずだ。

「何じゃ、こいつらは？　そうか、鋼鎧《はがねよろい》部隊か」

「そ、そうだ、おれたちを殺しに来たんだ」

省平が指さして叫んだ。この場を救えるのは、もうミスティしかいないと判断したのである。

「やっつけちゃえ！　やっつけちゃえ！」

「そうだ――やっちまえ」

と声を合わせたのは、高野である。

「そうしたら、この街で一番いい馬車をくれてやるぞ」

「くれてやる？」

こういうところは理解できるらしい。

「い、いや――差し上げます」

〈新宿〉屈指《くっし》の暴力団の親分も必死である。

「よかろう」

ミスティは前へ出た。

「この部屋にいるのは、わが従者じゃ。無礼は許さぬぞ――下がれ！」

「何だ、てめえは？」

一台の制圧機――鋼鎧がマイクを通した声を上げた。

「どっかの博物館から逃げ出したミイラ女か。今、あの世に戻してやるぜ」

世界は白光に包まれた。

鎧の胸部から二条の熱線が放射されたのである。

小さな手の平がそれを跳ね返した。

六万度の高熱に顔面を直撃された二台が炎と黒煙を上げた。ミスティは一台の前に歩み寄り、その胴の回転部分を手の平で押した。

異様な音響が高く鳴って、鋼鎧の全身が剝がれた。腕も胸部も腰も脚部も、そのつなぎ部分から外れ、製作前のプラモのように床へ広がったのである。

呆然と立ちすくむパイロット・スーツの男は操縦者に違いない。

「わらわに牙《きば》を剝いた以上」

ミスティの両手が閃き、パイロット・スーツ姿の身体は垂直に床に落ちた。

もう一台が両手の平をミスティに向けた。狂気のように、腕部内に仕込まれた二〇ミリ三連装バルカン砲を射ちまくる。人体に命中すれば四散《しさん》してしまう巨弾がミスティに注《そそ》がれ、高野の防禦帯に襲いかかる。

省平と母親が目を剝いた。ミスティに弾丸は命中していない——否《いな》、命中痕《めいちゅうこん》が一瞬で塞《ふさ》がってしまうのだ。

「わらわには刀も槍《やり》も矢も無効と知らぬのか——冥《めい》府《ふ》で後悔せよ」

地を蹴りざま、ミスティは鋼鎧の頭頂部へ拳をふり下ろした。

鎧はつぶれた。へたり込んだ姿は屑鉄《スクラップ》そのものであった。何処からともなく赤いものがしたたりはじめた。

「片づいた」

平然と告げる包帯の塊《かたまり》へ応じる者はいなかった。

「さ、馬車を用意せよ」

「ま、任《まか》せとけ」

高野が胸を叩いた。やくざはまず金儲《かねもう》けを考える。眼の前のミイラが秘める途方もない利用価値に気がついたのである。

「すぐに用意する。それまで、ゆっくりしてってくれ——大友」

「へい」

起き上がった男の顔は死人そのものであった。

「こちらを客室へ——いや、最上のホテルへお泊めするんだ。いいか、失礼のかけらもあっちゃならねえぞ」

「へい」

内心の不安を大友は押さえつけた。こんな女——どう扱ってもこっちの尻《ケツ》に火が点《つ》いちまう。だが、会長の思惑《おもわく》もわからんじゃねえ。万が一、神様てのが本当にいるんなら、そして、会長が毎日神棚を拝《おが》んでるご利益《りやく》が少しでもあるんなら——ひょっとしたら、この街のトップに君臨《くんりん》する可能性もある。この街――〈魔界都市〝新宿〟〉の。

「宿など不要じゃ」

とミスティは一喝《いっかつ》した。

「さっさと馬車を用意せい。さもないと――」

「わ、わかった。わかりました」

高野は股間のものをぶらつかせたまま焦《あせ》った。

「おい、車庫にロールスがあったろ。いちばんいいのを出してお乗せしろ」

「はい――ですが、その」

「やかましい。さっさとやれ！」

数分後、車が二〇台も並んだ地下駐車場の中で、前方に廻された世界最高の高級車を一瞥《いちべつ》して、

「何じゃ、これは？　ここへ来るまでに乗った動く箱と変わらないではないか」

大友を睨《にら》みつける双眸《そうぼう》は真紅に染まり、彼は気死《きし》しかけた。救いは意外なところからやって来た。

「――仕様《しよう》がないんだよ、姐《ねえ》ちゃん、この街じゃこれが最高の馬車なんだ」

「馬がおらぬぞ」

「馬の代わりに――いや、馬はその先っちょの出っ張りん中に入ってるって言ったろ」

「この中にか？」

ミスティは、きょとんとしたふうに、ロールスのフロント部分を眺めた。

「そうそう。な、母ちゃん？」

「そうとも」

母親は、どっしりとうなずいた。最初はおろおろしていたが、肝《きも》はすわっているらしい。

「嘘だと思うんなら見てごらん。でも、光を当てると死んじまうよ」

「光を浴びせると死ぬ馬か!?　それはレーヌにもいなかったぞ」

初めて、ミスティの声に驚きの響きを感じ、省平と母親は、にやりと大友を見た。やくざも相好《そうごう》を崩した。

「まあ、いい。我慢しよう。馬と同じに早く走れるのだろうな?」

省平は腕組みをして、首をひねった。難しい表情でわざとらしく、

「うーん、きっと、大丈夫だよ」

驚くべきことに、

「左様か」

ミスティはあっさり信じた。

「では、この街の王の下《もと》へ行くぞ」

全員が、眼を剝いた。初めて、この魔女が目的地を口にした。それは、おかしくはないが、想像もしなかった場所であった。

第五章　陰謀月

1

梶原〈区長〉は自宅でお愉《たの》しみの最中であった。

妻は〈区外〉の友人たちと旅行に出ていた。女房の空《あ》いた穴は、別の女で埋めればいいと、彼は日頃考え、実行に移したのであった。

「変態親父《おやじ》」

だぶついた身体《からだ》の下で、熱い声が上がった。

ダブルベッドの上で組み敷かれているのは、ひどく肉感的な女であった。〈区役所〉の経理課員、武《む》貝満代《かいみつよ》——二四歳だ。

入庁当時から眼をつけていたセクシー美女が、よりにもよって横領に手を染め、よりにもよって、梶原が最初に気づいた。結果は警察ではなく、ホテルだった。関係は一年以上続いている。

「ホテルじゃなく、自宅であたしを抱くなんて。サイテーの変態よ、ああ……」

言葉は糾弾《きゅうだん》だが、官能の呻《うめ》きがそれを消してしまう。

「女房の留守に部下を抱く——これこそ最高の味よ。おまえだって、もう濡《ぬ》れてるじゃないか、え？」

「嘘《うそ》よ、助平爺《すけべじじ》い。あんたみたいな奴《やつ》が〈区長〉だなんて世間に恥ずかしいわ」

と罵《ののし》りながらも、股間で蠢《うごめ》く老練《ろうれん》なる指の動きに、満代は身悶《みもだ》えした。

「イク——イク——イクゥ」

自分の指の動きに合わせた叫びに、梶原はにんまりと笑って、若い部下の顔を舐《な》めはじめた。

「嫌、嫌よ、顔は嫌」

「うるさい、おまえの化粧品で汚れた顔をわしの唾《つば》で浄《きよ》めてやるのだ。感謝せい。もっと唾をくださいと言うんだ。ほれ、言ってみろ」

若い女子公務員は、この好色な上司に誘われたときから胸に溜《た》めていた野心を優先させた。

「ああ、嫌。でも、でも、いいわ。〈区長〉、もっと唾をください。ああ、お口に入れて」

思いきり開いた口腔《こうこう》へ、梶原は少し待ってから、唾の塊《かたまり》を放った。満代はそれを嚥下《えんか》した。

ああ、と多分に本心の絶望感を喘《あえ》ぎに乗せたとき、警報が鳴り響いた。

「え？」

と上体を持ち上げ、梶原は低く呻いた。驚きよりも痛みのせいであった。彼の器官は、娘の体内に侵入したまま、突然の警報による驚愕《きょうがく》のせいで、ぐいと締《し》めつけられ、離れなくなってしまったのだ。

「お知らせいたします」

優秀な女秘書そっくりの声が告げた。

「正面玄関の門が破壊されました。画像を送ります。専用スクリーン乃至《ないし》ＴＶモニターをご覧ください」

梶原はモニターへ近づこうとしたが、凄《すさ》まじい圧《あつ》搾《さく》痛がそれを妨《さまた》げた。

「ち、ちぎれてしまう。おい、何とかしろ」

「無理よ。一度こうなると――弛緩剤《しかんざい》を注射してもらわないかぎり、離れないわ」

「えーい」

罵る声に、

「玄関の扉も破られました。侵入者は四名。男性三人と女性、ひとりは子供です」

子供、と聞いて訝《いぶか》しむのは〈区外〉の住人だ。〈新宿〉の子供は、ある意味、大人や妖物《ようぶつ》よりも恐ろしい。

寝室のドアが開いた。いや倒れ込んだ。鍵《かぎ》はかかっていない。普通に開けば開くのだ。だが、この侵入者は、そんな常識を斟酌《しんしゃく》するような玉ではなかった。

「客も出迎えに来ぬと思ったら、かような淫楽《いんらく》にふけっておったか。〈区長〉の梶原とやらはおまえか。わらわはミスティじゃ」

「だ……誰だ、貴様《きさま》は？」

失神しそうな痛みをこらえた声は迫真の効果を生んでいた。

「だから、ミスティじゃ。おまえはわらわの言葉がわからんのか、豚者《とんじゃ》めが」

出来の悪い子を超古代のエジプトと江戸時代の日本では豚児《とんじ》と呼ぶ。その大人版だろう。

「な――何をしに来た？　じきに警察が来る……ぞ」

さすがに〈区長〉宅に侵入者があれば、コンピューターが即座に〈新宿警察〉の公安課へ通報される。

「ほう、守り髑髏《どくろ》が増えるか」

包帯の下の唇と眼がにんまり笑って、

「だが、それもすぐに片がつく。〈区長〉とやら、おまえの王権をわらわに譲渡するがよい」

おかしな連中に馴《な》れっこのせいで、まだ股間の痛みにヒイヒイ言っていた梶原が、いや、ドア近くでうろうろしている母子《おやこ》と大友、そして、つながりっぱなしの満代までが眼を丸くした。

「気は確かか、この女干物《おんなひもの》めが」

梶原は、まともな声で叫んだ。

「ここは〈新宿〉だぞ。〈魔界都市〉の名前の意味をわかっとるのか？」

「存じておる」

とミスティは言った。

「わらわも同じ名前の〈都〉を知っておる。わらわはそこの女王であった」

「………」

と梶原は沈黙し、

「キ×××よ、このミイラ」

と満代が絶叫した。

「いい？　じきに警察が来るわ。あんたはそこの留置場から病院に廻《まわ》され、場合によっちゃあもう一度、棺桶《かんおけ》にぶち込まれて、ピラミッドに埋められてしまうのよ！」

後方で省平と大友が、両手でよせと合図したが、満代はわからない。

「女はおしゃべりなものだ。レーヌでもそれは許しておった。だが、わらわへの侮辱《ぶじよく》は許さぬ。口をつぐめ。でなければ、しゃべれぬようになるぞ」

満代は沈黙した。

「よろしい――では、譲渡の用意をせよ。と言っても、その姿では無理じゃな」

つかつかと合体ロボみたいな二人に近づき、つながっている部分に手をのばすや、二人は分離した。

あわてて衣服をまとい、梶原は、背後の三人へ、

「この女の正体はわかってる。〈亀裂〉から失踪《しっそう》したミイラだな。だが、〈新宿〉を支配したいとはどういうことだ?」

「まだ、わからぬのか、おまえは豚者であるのみならず、愚豚《ぐとん》でもあるのか? この街の王たる権利をわらわに渡せばよい。その儀式を行なえと申しておる」

「嫌だと言ったら、どうする?」

「やめろ、おっちゃん」

省平が喚《わめ》いた。

「OKしろ。この姐《ねえ》ちゃんに逆《さか》らっちゃ駄目《だめ》だ」

ちら、とそちらへ眼をやって、ミスティの唇がにんまりとねじ曲がった。

「ああ申しておるが」

この間に、梶原は策を練っていた。

「いま決めるのは無理だ――急ぎ会議にかける。それまで待て」

「会議?」

「みなで相談するのだ」

「おまえは、この街の支配者であろう。なぜ他人に相談などするのじゃ」

心底《しんそこ》不思議そうな声であり、眼差《まなざ》しであった。梶原は腹を据《す》えた。

「この街では、一応家来の意見も取り入れることになっておる。なに、どうせひとまとめで屑籠《くずかご》行きよ」

「家来?」

省平母子と大友が顔を見合わせた。

ミスティは満足そうにうなずいた。

「よろしい、それでこそ王じゃ。では、すぐに呼び寄せい」

「全員、他国へ出張——出征《しゅっせい》しておる。蛮族征伐《ばんぞくせいばつ》じゃ」

我ながら、上手《うま》いことを言ったと梶原は思った。

「左様《さよう》か、ならばやむを得ん。では、明日の朝までに呼び戻せ。そして、王権の移譲を宣言するのじゃ」

「いや、それは——」

「できぬか?」

「外国だしな」

「どれくらいかかる?」

「そうだな——うむ、ざっと一年」

「待てぬな。わらわの第一将ゾルテップは他の武将どもの〝大返し〟を三年かかるところ、三日でやってのけた。明日の昼までにすべてを終わらせよ。できぬならば、おまえを始末してわらわが王たる旨《むね》を宣言する」

「ちょちょちょちょっと」

「嫌か?」

爛々《らんらん》たる赤光《しゃっこう》の眼に見据えられ、梶原は、

「わかったあ」

と叫んだ。

「明後日の正午に必ず。ただし、家でなく本庁舎へ来てくれ——あんた方、お守《も》り役ならよろしく頼むぞ。そうだ。名前を教えてくれ」

三人は名乗った。大友は当然、組の名前は口にしなかった。

「——では、明日また」

と梶原が挨拶《あいさつ》したとき、玄関の方で女の悲鳴が上がった。全員が立ち尽くしているうちに、とんでもない勢いで中年の女がとび込んで来た。

「何事じゃ?」

とミスティがふり向いた。

まさか、と梶原がつぶやき、

「――奥さん？」

と満代がとどめを刺した。

梶原が答える前に、回答は向こうからとび込んで来た。

外出着にショルダーバッグ、そして、右手にマルチ・コントローラーを握った女であった。コントローラーで、家の警備装置に自分を認識させ、警察へ連絡したに違いない。

ミスティを見て息を引いた顔が、満代を見るなり鬼女《きじょ》の形相《ぎょうそう》となって、

「あんた――誰？　家で何してるの⁉」

「あ、あの、〈区長〉と打合わせを」

「あたしの留守に夫と二人で」

ここで他の連中へ眼をやり、

「――一体、何事よ⁉」

切れかかっている。誰も何も言えないうちに、ミスティが、

「その者の言うとおりじゃ」

とやらかしたから、全員、もっと口を出せなくなった。この女――どういう了見《りょうけん》だ⁉

「おまえの夫は、ここで仕事の打合わせをしていた。なぜ役所でしなかったのかは知らぬが、打合わせは間違いない」

夫人は一発で毒気を抜かれたらしく、

「そうですか――あの、で、あなたはどなたですか？」

「わらわはミスティじゃ。レーヌの王よ。そこにいる三人はわらわの従者じゃ。下僕《げぼく》ともいう」

「…………」

「…………」

「…………」

「とにかく、夫を信じることじゃ。さすれば家はうまくいく。では、な」

茫然《ぼうぜん》と見送る〈区長〉夫妻を後に、ミスティと

〝従者〟たちは居間を出て行った。

「あ、あの、私も」

　満代も後を追った。

「さて、今宵《こよい》の宿だが――どうするか」

　とミスティがつぶやいたのは、通りへ出てからである。

「この街でいちばんいい宿へ案内《あない》せい」

　大友がまずあわてた。

「待ってくれ――いや、お待ちください。もっといいところへご案内します」

　まともなホテルで、この調子でやらかされたら、〈機動警察《コマンド・ポリス》〉の出番だ。高野の言いつけに反するが、息のかかったホテルへと思ったのである。

「おまえの知ってる宿などご免じゃぞ」

　きっぱり言われた。

「――ど、どうしてですか？」

「この中で、最も下賤《げせん》なのはおまえじゃ。そんな奴の知る宿などさらに汚《けが》らわしい。そう言えば、もう用はない。失《う》せい」

「待ってくれ――そりゃねえだろう」

　と抗議したところで、ひと睨《にら》みで虎と遭遇《そうぐう》した子猫になってしまう。

「あのお」

　と言い出したのは、意外な人物であった。

「よかったら、あたしたちの家へどう？」

　ミスティも大友も満代も、省平さえも、丸くした眼の真ん中に、母親の顔を映した。

「愚《おろ》かなことを。わらわは王じゃ。従者の家になど泊まるくらいなら、野宿をする。戦いの場ではしょっ中であった」

「今あなたが普通のホテ――宿に泊まったら、すぐに役人が来ます。大騒ぎになりますよ」

「構わぬが」

　平然たるものだ。

「それだと、明後日の大政奉還もしにくくなります。今あなたが役人どもの縄にかかったら、何もかもご破算《はさん》ですよ。この街の王になるには、もっと時間がかかることになります」

「うーむ」

ミスティは眼を閉じた。道理はわかるのだ。

「そうしろ——いや、そうなさい」

と大友が勧《すす》めた。

「あたしもそれがいいと思います」

満代も後押ししたが、彼女だけは事態がよく呑《の》み込めていない。とどめは、

「そうしなよ、姐ちゃん。うち、お袋と毎日、二人きりの夕飯でさ。三人いると賑《にぎ》やかでいいなあ」

満面破顔《はがん》した少年のひと声であった。

2

「なぜ、わらわを泊めたがる?」

はじめて耳にする静かな声であった。

「臣下《しんか》の将軍どもも、奴隷《どれい》も臣民《しんみん》もみなわらわを恐れた。行こうとも思わなんだが、自宅へ招こうなどとする者はひとりもいなかった」

「この眼で見たほど悪い人じゃないと思ったんですよ」

と母親は言った。

「今、この人を庇《かば》ったじゃないの」

ちら、と満代を見た。

「明日から、この人は普通に役所に行って仕事ができるわ。あの助平〈区長〉がおかしなことをしでかさなければだけど、きっと大丈夫。あいつはまた新しい人を探すわよ」

満代は俯《うつむ》いてうなずいた。

「よかろう——世話をせい」

ミスティは、あっさりと言った。

「わらわは、この二人の家に行く。おまえは去《い》ね」

正面から言われて、大友はケッと吐き捨ててそっぽを向いたが、どこか安心のふうもある。

内ポケットから分厚い封筒を取り出し、母親に手渡した。

「会長からだ。これで面倒を見てやれ。不自由をおかけするんじゃねえぞ」

ミスティにひとつ頭を下げて、

「そんじゃ、明日また」

母子へじろりと睨みを利《き》かせてから、通りを西の方へ走り去った。

「あたしもこれで」

満代も二人に頭を下げてから、

「ありがとうございました」

とミスティに礼を言ったが、口調がこわばっているのは仕方がない。あまり怯《おび》えた様子がないのは、この街の住人らしい。

その後ろ姿を見送り、

「バスはまずいよね」

と省平が訊《き》いた。

「お金もありそうだし——タクシーを奮発《ふんぱつ》しようぜ」

「こら」

とたしなめたものの、母親にも異存《いぞん》はなさそうであった。


〈靖国通り〉での暴力団員と警官殺しは、せつらの耳にも入っていた。

現場に行くと、すぐに見知った顔に遭遇した。トラブル発生後三〇分である。

「ミイラが相手か？」

隻眼《せきがん》にある光を湛《たた》えて、屍刑四郎は訊いた。二人の間には黄色い規制線《キープアウト・テープ》が張られていた。

「そ」

「厄介《やっかい》な相手だぞ」

屍は面白くもなさそうに言った。

「ゴロツキと警官をまとめて四人——あっという間に、頭をバラしちまったらしい。しかも、その頭蓋《ずがい》骨《こつ》を腰につけて持って行ったそうだ。古代の野蛮人《やばんじん》

KEEPOUT
KEEPOUT
KEEPOUT

め、ミイラになっても昔の癖《くせ》が抜けんのだな。〈区外〉の連中も――」

と顎《あご》をしゃくった先から、スーツ姿の、これも見覚えのある顔がやって来て、微笑を浮かべた。近藤中尉であった。

「お目にかかれて嬉《うれ》しいです」

精悍《せいかん》な男の顔は、恐らく他人が見たこともないほど紅潮《こうちょう》していた。

「早い」

とせつら。

「一応、諜報《ちょうほう》課の連中を残してあります。あちらさんもですが」

鋭い視線の先で、外国人が数名こちらを盗み見ていたのが、はっと眼をそらした。

在日米軍も〈ゲート〉を渡って来たらしい。

「おや？」

近藤中尉が表情を硬くした。外人組が、三人やって来たのである。ひとりが、

「ハロー、ミスター秋」

親しげな声にふさわしい愛嬌《あいきょう》たっぷりな笑顔だが、この手の輩《やから》は眼だけは笑っていないのが特徴だ。だが、三人組はひとり残らず脳までとろけていた。

「私はアメリカ大使館対外交渉課のレイモンド・ザックレイと申します。こちらは――」

と他の二人を紹介し、

「あなたが〈新宿〉一の私立探偵《プライベート・アイ》だということは大使館のみならず本国でも有名です。そこで、大使からお願いがあります」

近藤が続く言葉を引き取った。

「その前に当方の用件をお聞き願いたい」

全く同時に、

「――ミスティ女王を捜《さが》していただきたい」

「残念」

これも声を合わせて、

「え⁉」

「先約があります」

「それは――我々の方で説得いたします」

と近藤が切迫した口調で言った。

「――日本政府の一〇倍を払いましょう」

とザックレイも鼻息が荒い。

せつらは簡単に決着《けり》をつけた。

「ドクター・メフィスト」

抵抗する様子もなく、両人は沈黙した。

せつらはさっさと背を向け、黄色いテープの向こうで、高感度カメラを向けている鳥打帽《とりうちぼう》の男に近づいた。左腕にＰＲＥＳＳと大書《たいしょ》した赤い腕章をはめている。〈新宿ＴＶ〉の記者だ。ただし、外からの取材は自由だが、内側へ入ることはできない。

「リアルタイムの写真《フォト》は？」

「あるぞ」

カメラマンは左手でベストの胸ポケットを叩《たた》いた。

殺人や事故現場の遭遇写真《スチル》が、マスコミに高額で買入れされるのは、〈区外〉も〈区内〉も同じことだ。

現場に居合わせた幸運な（？）連中が撮影した写真は、駆けつけたテレビや新聞、通信社にその場で買い取られ、〈新宿〉全域と〈区外〉へ搬送される。世界の報道機関の出先機関がきわめて少ないのは、〈区〉の厳重な規制による。〈新宿〉はある意味、世界の常識を覆《くつがえ》すために存在する異界――逆に言えば、超次元の宝庫なのだ。その利益を手放す気は歴代の〈区長〉を筆頭に〈区民〉の誰にもない。その代償として、情報の買い取り料は〈区外〉の数十倍である。核心的な情報漏洩《ろうえい》がほとんどないのはこのためだ。

「提供」

とせつらは促《うなが》した。

「いいとも――ほらよ」

顔馴染《なじ》みらしいカメラマンは、デジタル像をプリント・マシンで紙焼きにしたものをせつらに手渡した。

　頭部を剝《は》ぎ取られる暴力団員、剝ぎ取るミスティ、見守る省平、同じく犠牲者となった警官たち、生き残った大友――せつらは省平と大友が鮮明なプリントを二枚選んだ。

「これを」

「いいとも、持ってってくれ。名前と住所は裏に書いてある」

　せつらは片手をのばして、鳥打帽にいい子いい子をした。カメラマンはよろめき、カメラをアスファルトにぶつける寸前で、なんとか持ち直した。

「んじゃ」

　せつらは一円も払わず歩き去った。


　省平の家では、予想どおりの事態が展開していた。外から一瞥《いちべつ》しただけで、

「なんじゃ、このあばら屋は。やはり狭くて汚いのう。これなら、レーヌの貧民窟《ひんみんくつ》の長屋のほうが、一〇〇倍もマシじゃ」

　と悪態をつき、自分の石棺が落下したために集まっているご近所さんを、

「ええい、うざったい虫ケラどもめが。女王の通過じゃ。道を開けい」

　と追い散らしたため、母親は平謝りしなければならなかった。

　家へ入るや、まず居間へ行って石棺を確かめ、ぶち抜いた穴を見上げて、

「修理せんといかんな」

「はい」

「浮かぬ顔をしておるな」

「お金がないんだよ」

と省平が口を挟《はさ》んだ。最初の宝石の件は内緒だ。

「金か――そう言えば宿賃を払わねばならぬな」

「うん!!」

　血走らせた眼をこちらへ向けた少年の足下に、

「これでよかろう」

一枚の金貨が転がった。

眼にも止まらぬ早さでそれですくい取り、

「はい」

と母親へ渡し、母親は両眼に黄金のかがやきを宿らせて、

「これは……」

低く呻いた。

「え？　何かわかるの？」

「いえ、何も」

省平はのけぞり、ミスティまでが、なんだこの女は、という眼つきになった。

「でも、古くてぴかぴかして、値打ちものなんでしょうねえ」

「それだけで、奴隷一〇〇〇人が買える。戦車なら一〇台分じゃ」

「すっげー」

省平は素直に眼を丸くした。勿論《もちろん》、彼にとって戦車とは、一二〇ミリ砲搭載の米軍M2エイブラムスあたりのことである。

「この家の屋根くらいは直せるであろう。何か飲み物を持て」

「あ、はい」

と母親は立ち上がってから気がついて、恐る恐る、

「あの、水分摂《と》っても大丈夫なんですか？」

と訊いた。

「支障ない」

「じゃあ、すぐに」

母親がキッチン——というより台所へ姿を消すと、

「お姐ちゃん——お腹空《なかす》かないの？」

「そのようじゃ」

「あのさ、そうなる前は、何食べてたの？」

「なぜ、そんなことを訊く？」

「ミイラってさ、何千年も前に生きてた人だろ。昔ってどんな生活してたの？」

「放っておけ」

「そんなこと言わないで教えてよお。明後日になったらもう話せなくなっちゃうんだろ」

「それほど、知りたいのか?」

「うん」

大きく何度もうなずいた。表情がかがやいている。

「後日、教えてやろう」

「でも、明後日は姐ちゃんが〈区長〉になるんだろ? そしたらおれたちのことなんか忘れちゃうよ」

「わらわは、怨《うら》みは忘れぬが、恩義も忘却《ぼうきゃく》したことはない」

「へえ——忘却って何?」

「知らぬ顔をすることじゃ。おまえと母親にはいま世話になっておる。どんな陋屋《ろうおく》といえど、恩義は恩義じゃ」

「ロウオク?」

「ボロ屋のことよ」

台所から出て来た母親が明るく言った。湯気の立つ茶碗《ちゃわん》を載せたトレイを手にしている。

「えーっ⁉」

と怒る省平へ、

「いいから。ホントでしょ」

「そらそーだけどさー」

「粗茶《そちゃ》ですが」

卓袱台《ちゃぶだい》に置かれた湯呑《ゆの》みを、ミスティはじっと見つめていたが、

「よく似た香りを知っておる」

と言った。

「そら、よかった。どうぞ——あっ⁉」

片手できゅう、と飲《や》ったので、あわてたのだ。茶は一〇〇度近い。

しかし、ミスティは平然と飲み干し、美味じゃ、と卓袱台に戻した。

「東の遠国《おんごく》より商人が運んで来た献上品の味に似て

おる」

　少し間を置いて、

「懐《なつ》かしい香りじゃ」

　母子が顔を見合わせたのは、しみじみとした口調のせいであった。

　母親は黙って新しい茶を注《つ》いだ。女王はまた飲み干した。

「疲れていませんか？」

　母親が訊いた。

「布団《ふとん》を敷きますが」

「フトン？」

「――あの、ベッドをつくります」

「いらぬ。わらわの閨《ねや》はあの柩じゃ」

「冷たくありません？」

「くどいぞ」

「わかりました。では、隣に敷いておきます。気が向いたらどうぞ」

「うむ」

「TVつけるよ」

　省平はリモコンを操《あやつ》った。

〈新宿〉出身のお笑い芸人のコンビが現われた。

　省平は眼を丸くした。ミスティが笑い出したのだ。

「ギャグ――わかるの？」

「人を笑わせる芸人は西方から流れて来た。これは、あやつらより面白い。はっはっは」

　ロウオクから一〇メートルほど離れた路上に、足音もたてずに黒衣《こくい》の人影が現われた。秋せつらであった。

　彼は立ち止まった。妖糸《ようし》を放ったのである。

　すると――笑い声がきこえた。正確には伝わって来たのである。ミスティの声に違いなかった。

「気に入りましたか？」

　省平の母の声であった。こちらも嬉しそうである。

「うむ」

「こいつら、いまいちばん人気なんだぜ。久しぶりに浪花《なにわ》の漫才に勝てる江戸《えど》っ子《こ》が出たんだ」

返事はなかった。よくわからないらしい。代わりに、また笑い声が上がった。

「こやつら――何処《どこ》におる？ 褒美《ほうび》をつかわそう」

少し間を置いてから、省平が興味津々《しんしん》で、

「――その画面の中にいる、とは思わないんだ」

「何を言っておる。わらわの国にも、ずっと前から同じ道具があったぞ」

「へえ。他にはどんなのが？」

「こやつらは、そこから出て来られんが一オルーラの向こうにいる者を、出て来させる道具もあった」

「ひょっとして、テレポート？」

省平はあんぐり口を開けてから、超古代の距離の単位について考えたが、結論は出なかった。

「ねえ、空をとぶ道具とかは？」

「あった。一〇〇〇人も乗せて、みな胴体の外の茶室でお茶をしていたぞ」

「一〇〇〇人乗せて――デッキでお茶」

省平が茫然とつぶやいた。

「凄《すげ》えや。そんな飛行機、現在《いま》だってないぜ。昔は凄《すご》かったんだなあ」

「あの――おかしなことを伺《うかが》いますが」

母親がおずおずと訊いた。

「何じゃ？」

「あの――お国には、石を黄金《きん》に変える機械とか、あったんですか？」

「キカイ？」

「あ。道具道具」

「無論《むろん》じゃ。それ目当てで、何百回となく戦《いくさ》が起きた。わらわの独占じゃったからな」

「お国だけが持っていらしたのですね」

「違う。わらわ独《ひと》りのものじゃ」

「…………」

「子供の頃は、それでよく遊んだわ。ふた間を黄金で埋めてしまったので、朝の参賀のとき、テラスからばら撒《ま》いてやったら、大騒ぎになったぞ」

また、はははと笑った。それが少しも嫌みったらしくない。この女王は、天性《てんせい》の無邪気《むじゃき》者なのだ。

「さっきの金貨も、その道具で作ったのかい？」

「そうじゃ。石を金にした上で鋳造《ちゅうぞう》したものじゃ」

なかなか難しい言葉を知っている。

「しかし」

声が愁《うれ》いを帯《お》びた。

「こんなもののために――なぜあれほど戦が。わらわの――」

母子の耳には、夫も、と聞こえた。漫才も終わっていた。

「そうだ。お姐ちゃん――外へ出てみないか？」

いきなり省平が言い出し、母の眼を剝《む》かせた。

「もう、こんな時間よ。明日になさい。第一、外から帰って来たばかりじゃないの」

「明日になったら、どうなるかわからねえよ」

と少年は抗弁《こうべん》した。

「静かなのは今夜だけって、気がするんだ。な、行ってみよ」

「何処へ行くのよ？　あんた、当てがあるの？」

「あるんだな、これが。おれは学校サボってるとき、ただブラブラしてるだけじゃねえんだぜ」

「でも、ねえ」

眉《まゆ》を寄せる母へ、

「いいから、任《まか》しとき。お袋が悩んだって始まらねえよ。それに、この姐ちゃん強《つえ》えんだ。危ない目になんか遇《あ》わねえって」

「じゃあ、夜明けまでだよ。いいね？　何か起きたらすぐ電話でもメールでも寄越《よこ》すのよ」

「わかったよ、心配性だなあ」

母親はなおも不安そうに、ミスティへ、

「あのお」

と切り出した途端に、

「まいる」

ぴしりと言われた。どころか立ち上がった。

「この街はひどくわらわ向きじゃ。さ、面白い場所とやらに案内せい」

「おおっ」

省平も勢いよく立ち上がった。

なおも不安げな母親のことなどきっぱり忘れて、二人は外へ出た。

星の下で、車の音が聞こえた。

「どうだい、世界一賑やかな盛り場だぜ」

省平が見上げる先で、赤い眼が笑った。

「行こう」

「よっしゃ」

主人と従者は、気心《きごころ》の知れた友人のように歩き出した。


携帯が震えた。

白い医師は耳に当て、どうしたね？　と訊いた。

無表情——と言ってもいい声だが、その奥に幽《かす》かな感情のゆらぎがあるのを感知できる者はない。

「どうしたね？」

次が、

「ほお」

続いて、

「では、私もお邪魔しよう」

さらに、

「わかった。手は出さんと約束する。拝顔《はいがん》の栄《えい》に浴《よく》するのみだ」

医師が純白のケープを翻《ひるがえ》して夜の街へと出て行ったのは、数分後のことであった。


〈風林会館《ふうりん》〉の隣に立つ風俗ビルには、奇怪なショーで名を売るショーパブが入っていた。

〈歌舞伎町〉のマンションやビルの一室を占拠《せんきょ》した風俗関係者たちは、〈魔界都市〉の名に恥じぬ演《だ》しものを——と思ったわけでもあるまいが、どの店も一般の風俗雑誌のページを飾りはせず、客引きたちによって誘導された客たちによって広まり、何度か官憲の手入れを受けながらも、場所を変えつつしぶとく延命してきた〈新宿〉ならではの〝名物〟であった。省平はその辺に詳《くわ》しいらしかった。

「今夜の演し物は凄えんだ。見てびっくりだぜ。お姐ちゃんの国にもあるかどうか」

「何だそれは？」

「ふふふ、クロクロショー」

「？」

「男同士のヌードショーだ」

途端に、ミスティは背を向けた。ドアの前である。省平はあわててその手を摑《つか》んだ。

「ひっ⁉」

包帯が崩れたのだ。破片は足下《あしもと》にこぼれ、ぶつかるとさらに細かく割れた。

そのとき、ドアが開いて、屈強《くつきよう》な男が二人顔を出した。ひとりが省平を見て、

「なんだ、おめーか。おっ、客を連れて来たのか？」

「うん。でも、帰るって言うんだよ、クロクロなんか見飽《みあ》きてるって」

二人は最初からミスティへ怪訝《けげん》な視線を送っていたが、素早く前へ廻った。

「お姐さん、そう言わずに。ユニークな服着てるねえ」

「左様か」

「な、ちょっと寄ってってよ。うちのは、そこにもここにもあるってショーじゃねえ。とびきりいい男とそうでないのとのミスマッチが凄えんだ。いっぺん見ちまえば、一生話のネタさ。な、見て行きなって」

「詰まらなかったら、金は払わんぞ」

「そらあもう」

よいとも悪いとも言わず、二人は笑いかけた。

「よかろう」

「そう来なくっちゃ」

戸口の向こうはすぐに赤いカーテンで仕切られていた。

「ささ、こちらへ」

男のひとりがそれを引くと、一〇畳ほどのスペースとそれを埋めた人々の背が見えた。みなスチール椅子《いす》にかけている。

正面が一段高くなった舞台で、部屋の左右はやはりカーテンで仕切られていた。

ミスティはさっさと最前列へ行き、真ん中にかけた禿頭《はげあたま》に、

「どけ」

と命じた。

「な、なんだあ?」

と怒るのは当然だ。しかし、ミスティの視線に会うと、男はすくみ上がって、早々に席を譲《ゆず》った。その右隣も同じ目に遇わせ、二人は堂々と腰を下ろした。

およそ似合わないタキシードと蝶《ちょう》ネクタイ姿の男が現われ、支配人の甲斐《かい》だと告げた。

「本日はようこそ――」

「うるさい」

とミスティが一喝《いっかつ》した。

「さっさと始めい。わらわを待たせるな」

一瞬、支配人の眼に激怒の色が広がり、たちまち消滅した。ミスティの眼力だ。

甲斐は蒼白《そうはく》の顔を舞台の袖《そで》に向け、

「ミュージック、スタート」

半《なか》ばヤケっぱちで叫んだ。

物憂《ものう》いブルースに乗って、拷問《ごうもん》で引き伸ばされたような長身の影とつぶされたみたいな寸詰《すんづ》まりの影が現われた。

「〈新宿〉の愛の語り部、フローラル矢島俊一《やじましゅんいち》」

長身が腰をくねらせながら頭を下げると、凄まじい拍手が湧き上がった。

「待ってたぜ、俊ちゃん」

「今夜も得意の悶《もだ》えっぷりを見せてくれ!」

「相方は、こちらも皆さんご存じ――〝〈魔界都市〉のペット〟ゴリイチ古賀雄一《こがゆういち》ィ」

前のめりの両手ぶらりだったチビデブが、ひょいと仁王《におう》立ちになると、両手で胸をぶっ叩いた。ゴリラのやるドラミングだ。

口笛と卑猥《ひわい》な野次《やじ》が噴《ふ》き上がった。

「ゴリイチ〜〜、アナル突きよろしくゥ」

「突け突け突け」

「俊ちゃん、天国へ行ってくれえ」

「大した人気じゃの」

感心するミスティへ、

「ね、凄えだろ。おれの連れてくところに外《はず》れはねーんだ」

省平が胸を張った。

演奏がひときわ高まった。

それから、客たちの前で繰り広げられたものは、言語《ごんご》に絶するワイセツで下品で変態的なショーであった。エロスの香りなどかけらもない、この世にあってはならぬそれを見て、客たちは興奮し、

「ゴリイチ、今夜、おれのも突いてくれえ」

「俊ちゃん――僕用にアナルを絞《し》めとけよ〜〜」

一斉《いっせい》に投げつけたのは、キュウリとバナナであった。

「面白い」

感動した様子のミスティへ、

「だろ。凄え人気なんだよ、あの二人。何つったって汚らしいし、下品だし、顔は面白《おもしれ》えしよ」

「全くじゃ。どれバナナをくれてやろう」

足下に落ちた一本を拾ったとき、後ろのドアがいきなり開いた。

悲鳴が上がったが、ミスティにはわかっていたものか、平然と、

「商売敵《がたき》の殴《なぐ》り込みかの」

と言った。

狭い椅子の間を縫《ぬ》って、頭から黒マスクを被《かぶ》った男たちが四人――舞台へと駆け上がって、立ちすく

む矢島と古賀を引きずり下ろした。

手にしたレーザー・ガンを見た客たちは声も出せない。

誰も無言であった。

二人がドアから連れ出される寸前、古賀の右手を摑んだひとりが、

「さあ、今度はうちの店で稼《かせ》いでもらうぜ」

と宣言した。

何もかも迅速《じんそく》に運び、二人の拉致《らち》だけでおしまい——となる寸前、

「待て」

ミスティの声に、省平は震え上がった。

ここへ連れて来た自分の判断を、彼はいま心底呪《のろ》っていた。

第六章　暗躍部隊

1

男たちは戸口でふり返った。

「何だあ？」

ひとりがステアーのＭＭＰ《マイクロ・マシン・ピストル》を握った右手をミスティに向けた。

客たちが素早く頭を抱《かか》えて身を屈《かが》める。〈区民〉らしい慣れた動作であった。

「てめえも出演者か？　ミイラのカッコなんざ、この街じゃあ面白くもねえが、何なら一緒に来るか、え？　こいつらのショーの合間に歌わせてやるぜ」

「その二人――およそ下品でワイセツな芸にふさわしい面《つら》をしておるが、わらわは愉《たの》しんでおった。邪魔はさせぬぞ」

銃声が一斉に弾《はじ》けた。一連射一〇発――それはことごとくミスティの上半身に弾痕《だんこん》を穿《うが》った。

「それが返事か。下賤《げせん》の身もわきまえぬ無礼な愚者《ぐしや》めらが」

ミスティは何もしなかった。その身体《からだ》のどこかから、灰色の布がひらひらと流れて、ステアーを射《う》った男の首に巻きつくや、一気にくびり落としていた。

悲鳴が上がった。生首が眼の前に落ちて来た客の叫びであった。

「てめえ」

「この女《あま》」

罵《ののし》る他の侵入者たちの首や手足にも布は流れて行った。

正《まさ》しくあっと言う間――一瞬のうちに一集団《グループ》は血の海に崩壊した。

「どれ」

ミスティは軽《かろ》やかな足取りで、玄関に立ちすくむフローラルとゴリイチのところへ行った。

床一面を染めた血と死体の真ん中で、〈新宿〉の芸人もさすがにすくみ上がっていた。

「何じゃ、その情けない顔は」

ミスティが軽蔑《けいべつ》し切った声を上げても、応答はない。

ちら、と下半身を見て、

「何じゃ、おまえたち、チビっておるのか？」

ミスティは容赦《ようしゃ》のない笑い声をたてた。その上半身がやや前に沈むと、矢島と古賀は、ひいと声を合わせた。

「ほっほっほ。ここも縮《ちぢ》んでおる。ま、致《いた》し方《かた》あるまい。武者でも軍人でもない。ただの芸人じゃ。これは我が王国でも同じであった。ほれほれ、大きくなあれ」

二人のものを袋ごと摑《つか》んだ手が動くと、

「ああ〜ん、ゴリイチ、いっちゃう〜〜」

と矢島俊一が身悶《みもだ》えし、

「ぼ、ぼくもだよ〜〜フローラルゥ」

と古賀雄一が法悦《ほうえつ》の白眼を剝《む》いて——同時に果てた。

「我が国の芸人は、まだ威厳《いげん》があったがの——ここまで堕《お》ちたくはないものじゃ」

ヘナヘナと崩れ落ちたクロクロ芸人から眼を離し、ミスティは背後に来ていた省平に、

「なかなか面白い演《だ》しものであったがこれで終わりか？」

「とんでもねー。まだいっぱいあるよ」

「では——案内《あない》せい」

少しも飽《あ》きていないらしい。

廊下へ出た二人の背後で、フローラル、ゴリイチと絶叫する甲斐支配人の声が悲しく阿呆《あほ》らしく鳴り響いていた。

〈歌舞伎町〉の路上へ出ると、往来する人と車の群れを見て、

「いま一〇人近い人間が死んだというに、街は知らぬ顔じゃ。いや、都というものは、こうでなくてはならぬ」

とミスティが楽しげにつぶやき、その顔を見上げた省平が、しみじみと、

「姐《ねえ》ちゃん、凄《すげ》えなあ。おれ惚《ほ》れ惚《ぼ》れしちゃったぜ」

と言った。見たのは殺人だが、どうせ悪党だ。

「次は何処《どこ》じゃ？」

「こっち」

と省平が指さしたのは、狭い路地である。〈新宿〉の醍醐味《だいごみ》が並んでいると言われる場所だ。

最も〈新宿〉――〈魔界都市〉らしい店は、その奥にひしめいているというのが定説だ。

だが――
五、六メートルも歩くと何もない空地へ出た。
「ここか？」

ミスティが訊《き》いても、省平は答えない。

二人の入って来た道路から、黒い影たちが散らばった。

かすかな音が最初に鳴った。麻痺銃《パラライザー》である。

ミスティが軽く肩をふった。

「何者じゃ？」

返事は別の音であった。

圧搾《あっさく》ガスの開放音が噴《ふ》き出したのは、握り拳《こぶし》大の黒い塊《かたまり》であった。それはミスティの胸に命中するなり、海月《くらげ》のように広がって、頭からミスティを押し包んだ。鋼《はがね》の網《あみ》である。青白い光が走って、三〇〇〇ボルトの高圧電流がミスティの全身を貫《つらぬ》いた。

「わからぬ奴《やつ》らじゃ」

と、ミスティは平然と言った。

「わらわへの無礼は死を以《もっ》て償《つぐな》う他はない。その前に名前なりと聞いてやろうと思うたに――」

びらびらと布切れが伸びた。

影たちが蠢《うごめ》くと、三方から火炎のすじが布切れにとんで呑《の》み込んだ。

「ほお、火を噴く蛇か」

ミスティの口調からすると、古《いにし》えの土地で体験

済みだったのかもしれない。

「一緒に来てもらおう」

とひときわたくましい影が言った。ミスティの眼にある表情が浮かんだ。

「その声——穴の中で聞いたぞ。確かジエイタイのコンドーとか申しておった。軍隊の将軍のひとりか？」

「残念ながら、軍隊でも将軍でもありませんな」

影は男らしい笑い声をたてた。

「このような形で女性を拉致《らち》するのは本意ではないが、事は急を要する。すでに、あなたの情報を得た各国の情報部が、特務班を〈新宿〉へ送り込んでいる。ご同道願いたい」

「断わる」

ミスティはにべもなく言った。

「わらわはこの街が気に入った。小さいが国として認め、わらわはその君主の座に就《つ》こう。〈区長〉とやらにもそう告げてある」

空気が音をたてて固まった。たわごとか妄想《もうそう》としか思えない言い草《ぐさ》が、決して非現実的なものではないと、影たちは認めたのだ。

「火を噴く蛇を持つ者よ。一度、わらわに火を向けた罪は許されぬ。せめてもの情けじゃ、もう一度、火噴きを許してつかわそう。まいれ」

「よせ」

と命じたのは、コンドーと呼ばれた影であった。

「無駄じゃ。遅い。噴いて来い。来なければ」

ひらひらと新たな布地が、火炎放射器を構えた影の方へ流れはじめた。

「お姐ちゃん——やめろ！」

省平が叫んだとき、ひとつの影の首が落ちた。

「射《う》ちます」

声と同時に、炎のすじがミスティの左右から迸《ほとばし》った。

省平も、そこにいる誰もが焼き尽くされるミスティの姿を想像したに違いない。

だが、ミスティの身体に届く寸前、炎に巻きついたものがある。あの布地だ。一瞬の間に炎は絞めつぶされた。急激に酸素を絶った結果か――そんな理屈を頭に浮かべるより、まだ網の中にいる、と男たちは安堵《あんど》した。

だが、三〇〇〇ボルトの直撃を受けても笑いとばせる存在を網に包んだだけでこの先何ができるのか。

路地の出入口から、低い声が聞こえた。明らかに経文《きょうもん》だった。

省平は眼を見張った。ミスティが心臓を押さえてよろめいたではないか。

「お姐ちゃん!?」

影たちが読経《どきょう》の主をふり向いた。

彼らを扇《おうぎ》状に取り囲んだ一〇名近い男たちの半数は外国人であった。

「アメリカさんか」

コンドーのつぶやきには、敵意とは言えないまでも、反発が込められていた。

影たちは列から一歩前へ出たソフト帽の男を捉《とら》えていた。わずかな星の光でも昼間のように見ることができる彼らの眼は、男をアラブ系と見抜いた。

彼の手にした巻物こそ、ミスティを金縛《かなしば》りにした武器であった。

「発掘隊が女王の墓から掘り出したのは、そこのご当人だけではなかったのだよ」

リーダーと思《おぼ》しい素手の男が言った。他の男たちは、五〇連のドラム弾倉《マガジン》をつけたブローニングM10を握っていた。

「恐るべき〝紅《くれない》の女王〟――自国他国を問わず、あらゆる民《たみ》を恐怖の泥沼に落とし込んだ魔性《ましょう》の女。王たちが冥府《めいふ》で甦《よみがえ》るのは、エジプトの生死の常識だ。だが、この世に生まれ変わる場合もある。その魂《たましい》が、途方もなく気高《けだか》いか、邪悪なる者だ。復活は避けられんが、復活した動きを封じることはできる。そのための呪符《じゅふ》がこのパピルスに記《しる》されている。不死身の女王もこれには逆《さか》らえん」

青い眼がコンドーを射《い》た。

「では失礼する。ジエイタイの皆さん」

と背を向けたところへ、

「それは許可いたしかねる」

コンドーの声が追った。

「ほう、異議があるとでも？」

「大ありですな。ここは貴国にあらず。重要なる文化財の所有権は我が国に属します」

「何を言うか、このミイラ女はもともと我がアメリカのものだ」

「いいや、女王の墓はなぜか青森《あおもり》の古代墳墓から発見されました。キリストの墓も偽《いつわ》りではないのかもしれません。この国で発見された以上、彼女は、我が国に属します。いえ、ひょっとしたら〈魔界都市〝新宿〟〉に」

愕然《がくぜん》としたのは、米兵ばかりで、コンドーとその部下たちは動揺のふうもない。彼らは元来、米軍が空輸中に紛失したものを収容する補佐役に過ぎないのだ。

だが、ここにいる影たちは、別の存在のように見えた。

「上からは、あなた方のサポートを命じられております。ですが、その指示に従うのは、その女を発見したときまで」

コンドー――近藤中尉の声は別人の凄《すご》みと殺気を帯びた。

「君たちは、自衛隊員ではないのか？」

「その通り――今はあの女王を望むある組織に雇《やと》われております。女王とその呪文書――ともにいただいてまいりましょう」

米兵たちの武器が一斉《いっせい》に近藤元中尉をポイントした。応じようとする部下を片手で制し、近藤は米軍のエリートたちを見つめ、ひと呼吸《いき》置いて言った。

「武器を捨てて、のけ」

さして凄みのある口調ではない。芝居がかった台詞《せりふ》としては三流だ。だが、男たちは命じられたごとくに武器を放って、左右に開いたではないか。

「催眠術か――やるう」

省平が唸《うな》った。

近藤元中尉――否《いな》、近藤は恐るべき人体操作術を体得していたのだ。

「では、失礼する」

近藤は棒立ちの男たちに向かって一礼すると、背後の部下たちに顎《あご》をしゃくって見せた。きびきびした動きが二つ、ミスティの手を取って、道路の方へ向かう。

「お姐ちゃん⁉」

追いかけようとしても動けぬ省平へ、

「君のおかげで、古代の遺物もこの世界を楽しめた。あの世で礼を受けたまえ」

「え？」

省平は自分の顔に向けられたＳＩＧ《シグ》Ｐ２２０の銃口を見つめた。

「ど、どうして、おれを射つんだよ？」

「生意気な餓鬼《がき》が嫌いなんだ。特にこの街をうろついてる餓鬼がな」

近藤の声は冷《ひ》え冷《び》えと流れた。

「で、でも」

怯《おび》える――というより、訳がわからぬ小さな顔へ近藤はためらいもせず引金《トリガー》を引いた。

引き切る前に、銃口は停《と》まった。

「まさか」

超能力ともいうべき猫眼を向けようと身をひねり、どこへと思い至る前に、その身体は動かなくなった。

「敵がいるぞ。捜《さが》し出して射て！」

声が出た。それがどんな意味を持ち、どんな事態を引き起こすか、近藤は理解していない。

部下たちが動ける理由も。

彼らは手にした短機関銃《ＳＭＧ》を射ちまくった。新たな敵を認識できない以上、唯一《ゆいいつ》の手段であった。

米兵たちが薙《な》ぎ倒され、石壁が砕《くだ》ける。

近藤が眼を剝《む》いた。

どう見ても、部下同士が射ちあっているではないか⁉　彼らは次々に、或《あ》いは同時に地に伏していく。

何処からともなく、

「どーも」

この惨状にふさわしからぬ茫洋《ぼうよう》たる声が。

近藤は眼を閉じ、深呼吸をひとつしてから、ある思いを声に乗せた。

「秋せつら――やはり、来たか」

2

近藤にはやはり誰の姿も見えなかった。黒い影が舞い下りて来たのは、通路の出入口であった。

「美しき黒衣《こくい》の天使ですかね」

近藤の言葉遣《づか》いは、〈亀裂〉の底で会ったときと同じだ。敵味方に分かれても、せつらには特別なものを感じているようだ。

「ここは目をつぶっていただけませんか？」

「ノン」

「それでは――やむを得ませんね」

近藤はせつらの眼を見た。動揺が顔をかすめた。寸前でせつらは眼を固く閉じたのだ。

「見てた」

とせつらが言った。

近藤の催眠術を。

立ちすくむ近藤の脇から、生き残りの部下たちが前へ出た。

「射ちます」

近藤はとまどった。せつらが右手を上げて手招くや、ミスティの身体は、優雅に回転しつつ、彼の横で停止した。

千分の一ミクロン――チタン鋼の妖糸《ようし》の技だ。

「よせ！」

近藤の叫びに、鈍《にぶ》い銃声が重なった。消音器《サイレンサー》によって亜音速《あおんそく》に減速された九ミリ・パラベラム弾頭がせつらに集中する。否、ミスティに。せつらは身を半回転させてミスティの背後に隠れた。弾丸はすべてミスティの身体で食い止められた。

弾倉が空《から》になる前に銃声は熄《や》んだ。

引金にかけた指が見えない糸によって固定されると同時に、骨まで貫く激痛が射手たちを石に変えたのである。

「預かる」

気の抜けるような挨拶《あいさつ》を残して、せつらは省平の方を向いた。

「来る？」

「うん！」

出番を得た身体が勢いよく二人のもとへ走ると、せつらは踵《きびす》を返した。

「……待て」

尋常《じんじょう》な鼓膜《こまく》では感知しえぬ低声《こごえ》が、せつらには聴《き》き取れた。近藤であった。

「その女にかけた術は……自分でなくては……解《と》けま……せん……自分を殺します……か？」

「いいよ」

とせつらは言った。茫洋と、しかし、刃風《はふう》のごとき容赦《ようしゃ》ないひとことであった。

「けど――他に手はある。じゃ、ね」

道路へと消えてゆく三人を見送りながら、自分たちの呪縛《じゅばく》はいつ解けるのだろうかと、近藤は不安を感じた。

せつらが訪れたのは、〈メフィスト病院〉であった。

緊急病棟のベッドに横たわるミスティをひと目見て、メフィストはその眉間《みけん》に人さし指を当てた。すっとつけ根までめり込んだのを見て、省平が息を呑んだ。

「常人が使う催眠術にしては強力だ。当人以外の人間が破ろうとすると、五つのブロックが邪魔をする」

とメフィストは言った。

「最後のブロックを突破されると、心臓停止に陥《おちい》る——大した術師ではあるな」

指は戻された。傷痕《きずあと》ひとつない——省平が、眼を丸くした。

「解けた」

〝大した〟術師の技を指一本で片づけた医師がこう言ってから、せつらは後追いした。

「どうするつもり？」

「内緒だ」

メフィストの返事に、別の声が加わった。

「わらわが教えてつかわそう」

いつの間にか、すっくと床に立ったミスティであった。

「こ奴がわらわをどうするつもりかは知らぬ。だが、その前に、わらわの忠実なる下僕《げぼく》たちに八《や》つ裂《ざ》きにされるであろう」

「なるほど」

せつらは納得した——のかどうか。

「後は任《まか》せる」

相手はメフィストだが、

「そうはいかん。おまえの身体には、ツアドウサ菌を付着させておいた」

答えたのはミスティだった。

「えー？」

せつらは、ミスティに眼をやって、

「触《ふ》れてないけど」

ミスティの視線が下がった。その先で省平がぽかんと口を開けた。

「この童《わらべ》は私に触れておる。そして、おまえにもな。塵《ちり》と化せ、せつらとやら。治せるか——医師よ？」

「今のところは、まだ」

とメフィストは答えた。

「しかし、あの菌は即効のはずだが」

「私は菌の効果を操作できるのだ。どちらも発病は一週間後。後は即死が待つ。苦しまぬよう配慮したつもりじゃ」

「そんなもんしてもらっても、何にもなんないよ！」

　省平の叫びに、せつらも同意を示した。

「色々してやったのに——恩知らず」

　省平は涙声になっていた。

「全く」

　せつらはミスティの顔を指さした。

「おまえは恩知らずだ。恩知らずだ。恩知らずだ」

　静かに三度叩《たた》きつけられ、ミスティの表情が翳《かげ》った。

「女王のために、身を投げ出すのが民の務めじゃ」

「民じゃないよお」

　省平は地団駄《じだんだ》を踏んだ。

「そのとおりだ」

　とメフィストが引き取って、

「彼も秋くんも、まだ君の民にあらず。つまり、君を始末する権利もあるということだ」

「ならばやってみせい」

　ミスティの声は無限の自信に満ちていた。近藤の催眠術にかかったことなど、何処かにとんでいるのだろう。

「わらわは、この身ひとつで一〇を超える国を滅《ほろ》ぼした。数千年の時を経ても、おまえらごときにひけは取らぬぞ」

　ここで、眼が笑った。

「ここはあまりにもわらわの王国に似ておるが、わらわを弑《しい》すつもりなら、根こそぎ焼き尽くすのにためらいはせぬ。それが嫌ならば、うぬら揃《そろ》ってわらわの下僕となれ」

「来たか」

　とせつらが言った。

「何がおかしい？」

ミスティが睨《にら》みつけたのを見ると、せつらのひとことに気に障《さわ》る何かを感知したらしい。

「別に」

「ツアドウサ菌の治療法は、遠からず見つかる。それでおまえの存在理由はなくなる――生物兵器としても、な」

「わらわを兵器だと？」

ミスティは白い院長を見つめた。常人ならば眼を覆《おお》う前に死に到《いた》りそうな憎しみがこもっていた。

「女王を兵器とぬかしたか。白い医師よ、その言葉、永遠におまえに憑《つ》いてまわるぞ。たとえ死すとも、じゃ」

「それはそれは」

とメフィストは、右手を宙に上げた。それがどう動き、何を為《な》し遂《と》げるか――一同がそれを知る前に、彼はその手を耳に移動させた。

「ふむ」

と応じたのは、三秒ほどを経てからだ。

「すぐに出かける。車を用意したまえ」

「それじゃ」

とせつらが切り出したのは、何かヤバいものを感じたのかもしれない。

「〈河田町〉で水難事故が発生した。五〇人以上が溺死《できし》。犠牲者は増える一方だ。目下《もっか》、〈救命車〉が向かっているが、一刻を争う」

「〈河田町〉って――何処だよ？」

省平の声は、恐怖の予感に震えていた。

メフィストが住所を告げた。

「お、おれん家《ち》のすぐそばじゃないか――母ちゃん」

悲痛この上ない叫びに、視線をとばして、

「メフィストとやら、わらわも行くぞ」

「ほう――何故《なぜ》だね？」

さすがに気になったらしい。

「ささやかながら、この童の家ではもてなしを受けた。見舞いに行かねばならぬ」

「それだけか？」

メフィストの視線が静かに美女の眼を捉えた。ミスティは首を横にふった。

「溺死ならば水が要《い》る。この街の近くに海か川はあるか？」

「名前だけの川なら」

と省平が応じた。

「つまり、我が王国と同じじゃな。わらわの臣下にも、熱砂《ねっさ》の大地に水を招いた者がおる」

「灌漑《かんがい》用ではあるまいな」

「敵軍を一万――砂の海に沈めるためじゃ。ひとり残らずそうなった」

その眼が赤光《しゃっこう》を帯びた。

省平がよろめいた。そのまま倒れかかるのが、ふわりと立ち直って、ミスティの右横に立った。

「おまえの母を殺したのは、わらわではない」

ミスティはぶっきら棒に言い放った。

「だが――彼奴《きゃつ》であろう。臣下の水捜し――セザカリ」

「あ。お茶の師匠」

とせつらが人さし指を立てた。

空中にモニターの画面が浮かび上がった。周囲の建物から、〈河田町〉の一角だと見当はついた。中央に水面《みなも》が浮かんでいた。直径一〇〇メートルほどの水面の中心に向かって、〈新宿警察〉のボートが波を切っていく。

その画面が後方に引いて、スクリーンの下から、見覚えのあるアナウンサーが現われた。

「〈新宿TV〉です。緊急ニュースを放送いたします。本日、午前五時二八分、〈河田町〉一帯が突如《とつじょ》水没し、住宅約一〇〇軒、住人二〇〇人以上が溺死いたしました。幸い、二年前の〝水鬼《すいき》事件〟によって、〈新宿警察〉本部、及び各分署、交番にも救命具、モーター付きゴムボートなどが備えつけてあったため、水没の第一報後すぐ、救助は迅速《じんそく》に行なわれておりますが、今度はいかなる妖術魔法が駆使されたのかと、関係者一同、騒然としております。この地域には、夕暮れにも、ジェット機の破片が落下しており、さらなる惨事怪現象の勃発《ぼっぱつ》に、近所の住人はパニックに陥っております」

食い入るように空中の画面に見入っていた省平が、いきなりミスティの足を蹴《け》りとばした。

「何をする?」

「よくも母ちゃんとおれん家《ち》を水没させやがったな。絶対に許さねえ」

「どうしようというのじゃ?」

ミスティの声に同情の響きは欠片《かけら》もなかった。

「母ちゃんを返せ!」

返せ返せと繰り返しながら、少年は包帯だらけのくるぶしや脛《すね》を蹴りまくった。

その身体がふわりと浮き上がると、メフィストの胸もとに落ちた。

白い二本の腕がその身体を抱《かか》え、白い美貌《びぼう》が上から覗《のぞ》き込んだ。たちまち少年は溶けた。せつらのときと同じだが、今度は妙な淫美《いんび》さがあった。

「母上を救いに行く。来るかね?」

「い、行くぅ」

「わらわもまいるぞ」

「よかろう」

と答えた医師も普通ではない。もっとも、この女を残しておいたら何が起きるかわからないという現実的判断もあったろう。

真っ先に黒い扉に辿《たど》り着いたのは、せつらであった。

「君はどうする?」

「帰る。仕事は終わった」

「彼女は逃亡するかもしれんぞ」

「それはそっちのミスだ。連れ戻したくなったら呼べ」

「それまでに、ツアドウサの薬が出来ていればいいが」

「発病は一週間後だろう」

「いいや、今日の夜明けから明日の暁《あかつき》までの生命《いのち》じゃ」

ミスティがぬけぬけと言った。

「どういうこと？」

「先刻、おまえの手に触れた。おまえが私に巻いた糸を通しててな」

「あ」

「今日一日の生命で終わりたくなければ、同行せい」

せつらは軽く肩をすくめた。

「よろしい。メフィストとやら、案内せい」

女ミイラが威風堂々《いふうどうどう》と命じた。この瞬間、彼女はせつらもメフィストをも凌《しの》ぐ女王そのものであった。

東の空はすでに青みを帯びている。新たな一日が〈新宿〉を包むとき、尋常ならざる生と死の物語がまた語りはじめられる。

四人の登場人物が行く。物語のその渦《うず》の中心へ。

3

異常な水没であった。簡易アクア・スーツの救助員が潜水した先には、底知れぬ深さの穴が口を開いていた。

「まるで〈亀裂〉だ」

隊員のひとりのつぶやきが、水辺《みずべ》に設《もう》けられた救難対策本部の一同の耳を打った。

それでも次々にボートへ運び上げられ、陸へと運搬される遺体の多さに、絶望的な気分に陥っていた人々が、希望の叫びを上げたのは、銀色のリムジンからドクター・メフィストが姿を見せた瞬間であった。

歓声と拍手と溜息《ためいき》の中を、メフィストを先頭とする四名は音もなく進んだ。省平はせつらの肩に乗っている。

水辺には強引に入って来た〈救命車〉や〈新宿警

察〉の救急車が並んでいるが、病院へ搬送すべき被災者たちは、ポリエチレンのテントや小屋に運び込まれ、出て行った救急車両にも、即引き返せとの指示が与えられた。

　水中から運ばれる者、引き返して来る者——どちらの死者もその道は、水辺のプレハブにつながっていた。そこにドクター・メフィストがいるのだった。〈魔界医師〉が。

　とうに血の気《け》と呼吸を失った死者たちを、ドクター・メフィストは脈を取り、瞳孔《どうこう》を調べてから、心の臓の上に手の平を乗せた。

　ずん、と手首まで沈んだ。

　見守る人々は自然に数えた。

　ひとつ
　二つ——死者の眼が開いた。

　三つ——死者は上体を起こし、思いきり両手を伸ばして、あーあと欠伸《あくび》をした。どよめきが室内を埋めた。ドクター・メフィストがドクターたる伝説の〝蘇生《そせい》術〟を、人々ははじめて見たのだった。

　治療の終わり——つまり、生の新たな始まりまで、二秒とかからなかった。

　メフィストが次の患者に移るのを見て、

「やるのお」

　とミスティが洩《も》らした。かたわらにはせつらも省平もいた。

「六〇〇〇年も経《た》てば、わらわの世界の医術のかがやきも喪《うしな》われていると思ったが、まだ生きておったか。不完全なりともな」

　それが聞こえよがしの物言いだったものだから、せつらは眼を閉じた。ドクター・メフィストの耳にも入ったに違いない。その結果は——人々が戦慄《せんりつ》しないのは、メフィストの奇蹟《きせき》に魂まで奪われていたせいだ。

　メフィストはすでに七人目に取りかかっていた。

　そこへ、新しい死者が運び込まれて来た。

　同じ処置をメフィストは施《ほどこ》し、

「いかんな」

と言った。蘇生不可能の宣言だ。

そこへ、

「化けの皮が剝《は》がれたの、メフィストとやら」

ミスティが笑いかけた。

「時間を経た死者は蘇生させられぬか。それができる者が、同じ世界にいると知れ」

「お姐ちゃん」

省平が呻《うめ》いた。メフィストが死を宣告した死者は、彼の母だったのだ。

ミスティはベッドに近づき、紫色の唇に自分のそれを重ねた。

重ねただけか、それとも息を吹き込んだか、一秒も空けずに唇を離すと、彼女はすぐ身体を痙攣《けいれん》させた。

「へえ」

とせつらが洩らし、省平は声も立てずに抱きついた。


「どうじゃな、メフィストとやら。おまえにもできぬ技じゃ」

ミスティは高らかに宣言した。

「わらわの臣下になれば、授《さず》けてやらぬでもないぞ」

メフィストは片手を死者に触れたまま、ミスティを見ていた。

「死者の息を吸い取れば、死者は甦《よみがえ》る。聞いてはいたが、はじめて見た。おそらくはドクトル・ファウストも」

「耳に入れただけでは実践《じっせん》はならぬ。どうじゃ、メフィスト、死者のない世界を造りたくはないか。それは元々、限りなく兵を補充するのを目的として編み出された技じゃ」

「兵士という名の死者を生むための技——何処かにほころびが生じるぞ、紅の女王よ」

「何を言う。負け惜しみの前に、下賜《かし》を願え」

どよめきが生じた。外だ。水だ、と聞こえた。

「聞くがいい、〈新宿〉の首脳陣」

暁光《ぎようこう》が漲《みなぎ》りはじめた空から、猛々《たけだけ》しい男の声が降って来た。

「水を招いた者だ。よいか、ミスティと呼ばれる御方に手を出してはならぬ。もしも、その身を拘束《こうそく》しているのなら、明日の正午までに〈旧噴水広場〉へお連れしろ。或いは自由の身ならば、ミスティ様、ご自身でお出《い》でくださいませ。セザカリがお待ち申し上げておりますぞ」

せつらが、ばっさりと、

「忠臣ハチ公」

と言ったのを、ミスティは耳に留《と》めた。

「何じゃ、それは？」

「世界一の忠臣」

「ふむ。ならよかろう」

「知らぬが仏」

「何じゃ？」

「何でも」


不審そうな眼つきになったミスティの周囲を、戸口からとび込んで来た警官たちが取り囲んだ。

先頭のひとりがメフィストに敬礼し、

「当該物体を確保します」

と告げた。

「物体？」

さらに眼つきが険《けわ》しくなったミスティへ、

「君の立場は輸送中に柩《ひつぎ》からこぼれ落ちたミイラだ」

「ふむ――やむを得ぬか」

妙なところが素直な女王であった。

「だが、このミスティ、易々《やすやす》と敵国の軍門には降《くだ》らぬぞ」

「軍じゃない。警察だよ」

と省平が叫んだ。

「このお姐ちゃんに手を出しちゃ駄目だよ、ポリさん。みんな骨にされちまうぜ」

「その通りだ」

メフィストのひとことが、ポリさんたちを緊張させた。プレハブ内の死者はすべて甦っていた。

「その女の技――私にも及ばぬものがある。それを解明するまで、私の下に保管させてもらいたい」

隊員はその場で本部へ通信を送り、状況とメフィストの要求を伝えた。

「本部はお申し出を承認いたしました」

「結構じゃ」

ミスティがうなずき、メフィストに向かって、

「で――おまえはどうする？」

と訊いた。

「私が？」

「おまえの友は今日中に死亡する。私の命《めい》に従わぬ限りはな。従えば、加えてセザカリも止めてつかわそう」

「命」

せつらが小さくつぶやいた。これは面白くなりそうだ、という響きが含まれていた。


ミスティがこちらを向いた。

「メフィストとおまえ――わらわの専属医師と護衛長になれ。そして、この街を新たなレーヌに変えるのじゃ」

「来てるぜ」

省平が人さし指で、こめかみをつついた。

「来てるね」

とせつら。

メフィストもうなずいた。

「？」

という表情のミスティへ、

「すべては、死者たちを甦らせてからのことだ」

新たに死者は運び込まれ、メフィストは次々に奇蹟の手を沈めていく。

外では〈救命車〉のサイレンと歓声が上がった。

「スタッフが来たな」

とメフィストが言った。

「あとは任せて大丈夫だ。この手の代わりは充分に

務まる。駄目な場合は——」

ミスティを見つめて、

「よろしいな？」

「おまえ次第じゃ」

にやりと笑った。こちらも怪物だ。

「よかろう」

気楽ともいえる返事に、せつらがさすがに眼を丸くした。幸か不幸か警官も救助スタッフも外へ出ていたが、彼らは〈新宿〉史上最大の驚愕《きょうがく》的瞬間に立ち会えなかったことになる。

「いかなる死者をも甦らせ得る——これこそが医師が辿り着く最高の境地だ。そのためになら、臣下の礼も取る」

「立派」

拍手が上がった。せつらである。ちらと眼をやって、

「軽い男じゃな」

人選を誤《あやま》ったかというふうなミスティの台詞であった。

改めてせつらへ、

「おまえはどうする？」

「やるやる」

「ふむ、まだ死にたくはないか」

「そうそう」

「意外と情けない男じゃな。見誤ったかもしれん」

「そんな」

「おいらも見損《みそこ》なったよ、ケッ」

省平も吐き捨てたが、せつらは気にするふうもない。

新しい水死体が運ばれて来た。

片端からメフィストが蘇生させ、

「これはいかん」

とミスティに廻《まわ》して甦らせる——システム化が完成していた。

あとは病院のスタッフでも大丈夫と、一同が水辺

を離れたのは、午前一〇時を過ぎた頃であった。省平は母とともに家へ戻っていた。

「明日の正午まですることはない」

メフィストの言葉に、

「あるある」

とせつらが否定した。

「毒の除去」

「そうだった。どうする？」

と自分を見つめるメフィストへ、

「護衛長を殺すわけにもいくまい。すぐ抜いてつかわす」

「それはどーも」

「だが、おまえはいまひとつ信用ならん。効き目は明日の昼――わらわがセザカリと邂逅《かいこう》するまで続くこととしよう」

「シブチンめ」

「何じゃ、それは？」

「さすがは度量の広い女王様という意味だ」


とメフィストが助け舟を出した。せつらも、

「うん」

とうなずいた。便乗商法である。

「よかろう。とにかく、文句はあるまいな」

せつらは、右手を肩の高さに上げて、

「はい」

と言った。

「では、おまえの家へまいろう」

「はあ？」

せつらにとっても、メフィストにとっても、これこそ最大の驚きだったに違いない。

「家で何を？」

とメフィストが訊いた。

「明日の昼までの臨時の陣屋じゃ。案内せい」

家に着くと、せつらは、

「ひと眠り」

と宣言した。

「よかろう。わらわは家の中や近所を廻って来よう」

「やめたら？」

「何故じゃ？」

「何でも。市中見廻りは、この街の支配者になってから、好きなだけしたらいいのでは」

「ふむ。よくわからぬが、まあよかろう」

「では」

せつらは六畳間に布団《ふとん》を敷くと、横になった。

「着替えぬのか？　風呂は？」

「その廊下の先にある。お湯を浴びる？」

「やめておこう」

「では、好きにしたまえ」

せつらは掛け布団を胸もとまで引っ張り上げると、すぐに眼を閉じた。

ミスティは六畳間を見廻した。それもすぐに終えると、せつらのデスクの椅子《いす》に腰を下ろした。

眼が落ち着かない。すぐに立ち上がった。


眠っている間も、せつらの〝防衛システム〟は稼動をやめない。家の外に張り巡らせた〝探《さぐ》り糸〟は、〈秋人捜し《DSM》センター〉と〈秋せんべい店〉の内部にも、空気のように、死者のように、ひっそりと侵入者を待ち構えているのだった。

近くにいる。

こう伝えて来た。

せつらの意識を無視して身体が戦闘態勢に入る。

いきなり、
隣にいる。

こう伝わるより早く、せつらの妖糸が走る。

今回は眼を開くのが先であった。

「ん？」

眼の前に、陽灼《ひや》けした顔があった。

「へえ」

せつらのつぶやきが、その美しさを表現していた。

深く澄んだ黒瞳《こくどう》、惚れ惚れするほどスマートな線を描く鼻、染料なしでも官能と野性と清純さを醸《かも》し出す唇。こぼれる歯は米粒のように白い。そのすべてが伝えるものは、瞳に映ったこれも世にも美しい顔立ちへの、ある「想い」であった。

第七章　二重戦争

1

「何か？」

せつらの問いは、状況に最もふさわしいものであった。

「何でもない」

ミスティの答えは、これに対して弱い。何でもないわけがないからだ。

「それじゃ」

せつらはまた布団《ふとん》を引き上げて、眼を閉じた。

ミスティは溜息《ためいき》をついた。

それでも、気を取り直したように、三和土《たたき》へ下りた。

外へ出ると、陽光が降って来た。

「ん？」

路上に金属片が散らばっている。

子供が見てもドローンと分かる。空からの眼を何者かが撃墜《げきつい》したのである。

「〝探《さぐ》り鳩《ばと》〟か。どいつの放ったものか」

レーヌにも似たような品が存在したらしい。

気にも留《と》めず、ミスティは歩き出した。

〈京王《けいおう》プラザ〉と〈ハイアット・リージェンシー〉をはじめとする巨大な廃墟《はいきょ》群を抜けて、〈歌舞伎町〉へ出た。

ミイラ姿はどんな通行人の眼も引いたか、この歓楽の街へ入るなり、視線は矢に変わった。何しろミイラだ。しかし、気にするふうもなく、むしろ誇らしげな足取りで、すれ違ったチンピラふうのカップルに、

「衣裳《いしょう》屋は何処《どこ》じゃ？」

と訊《き》いた。

「イショウや？」

二人は顔を見合わせ、女のほうが、

「ブティックか何かじゃないの」

「そうか。ミイラに飽《あ》きたんかい」

声を合わせて笑い出したのへ、

「何がおかしい？」

凍りつくような問いが走った。正《まさ》しく二人は凍りついた。

「そのぶてっくとやらは何処にある？」

「い、いろいろあるけど……手っ取り早いのは……〈新伊勢丹《いせたん》〉よ」

引きつるような声で女が応じた。男もうなずいた。

「よし——案内《あない》せい」

「えーっ⁉」

すでに人の出入りが激しいデパートの店内へ入るなり、

「ほう、これは華々《はなばな》しい。これだけの店はレーヌにもないわ」

店内を見廻《みまわ》して、

「まずは衣裳じゃ。何処にある？」

「全部そうだよ。ほら、あそこにエスカレーターがあるだろ。あれで行きな」

じゃあ、と背を向けた襟首《えりくび》を摑《つか》んで、

「一緒にまいれ」

「えーっ⁉」

エスカレーターの前で、

「いちばん高級な衣裳の売り場へ連れて行け」

「そりゃいいけどさ、あんた金あるのかい？」

「金？」

「あの——何千年も前のエジプトかどっかの国から来たのか知らないけどさ、物を手に入れるにはお金を払わなきゃならないのよ。わかるでしょ？」

阿呆《あほ》か、という口調の女へ、

「これでも、時折は下々《しもじも》の町へ下りた。これでどうじゃ？」

包帯の間へ右手を差し込んで、小さなかがやきを幾《いく》つも取り出した。

「ダ、ダイヤか？」

一発でわかる品であった。

「でっかい。絶対に本物よ」

女の眼の球《たま》は今にもこぼれそうである。

「あの——案内賃、貰《もら》えるよな？」

「無論《むろん》じゃ。働きには報《むく》いる」

「行こ——すぐ行こ。六階の高級婦人服売り場だ」

「異議なし」

女がエスカレーターを降りた。

さすがに客の数も少ない売り場に立つと、女店員と中年の売場主任らしい男が、おずおずとやって来た。

「失礼ですが、何か？」

と売場主任が訊いた。

「何かって、服買いに来たに決まってるだろ。金は幾らでもあるんだぜ」

男が居丈高《いたけだか》に応じた。自分のものでなくても、金があるのは強い。

「それは——まあ。ご、ご用命の方は？」

「わらわじゃ」

と包帯巻きが言うものだから、二人とも、眼を白黒させて、

「わかりました——では、お好きな品をお選びください」

女店員が頭を下げた。その辺は〈新宿〉のプロである。

「よかろう」

ミスティが店内をうろつきはじめると、数少ない客たちは即座にいなくなった。そんな事態など気にもせず、

「これ」

「それ」

「あれ」

と店員に指図《さしず》して集めた服を手に着替え用ブースへ入った。

「高価《たか》そうなの集めたなあ」

「わかってるのかしらね？」

カップルが顔をしかめるそばで、

「ですが」

女店員は惚《ほ》れ惚《ぼ》れとした表情でブースを見つめた。ミスティの顔とスタイルに感じ入ってしまったのだ。

数分でカーテンが開《ひら》いた。

全員の口が、ぽかんと開《あ》いた。

燃えるような紅《あか》いドレスに身を包んだ古代の女王は、現代の最高のモデルさえ田舎《いなか》娘に見せてしまう美しさと気品を放っていた。その場に居合《いあ》わせた者たちは、正しく天上から女王に降り注ぐひとすじの光を見た。

「な、なあ。おれたちも一着ずついいかい？」

男が揉《も》み手《で》しながら切り出した。眼が金色に煙《けぶ》っている。女はすがるようにミスティを見つめている。

「よかろう」

「やた！」

と品定めに向かう二人を見送り、

「代金じゃ」

女店員の足下《あしもと》に小さなかがやきが転がった。後に二億円と判定されたダイヤであった。

カップルを残して歩《あゆ》み去るミスティの後ろ姿を、虚《うつ》ろな眼で見送りながら、

「五〇〇〇万円のドレスが、ズダ袋に見えるわ——あの女《ひと》、何なのよ？」

〈新伊勢丹〉を出たところで、ミスティは視線を足下に向けた。〈明治通り〉の交差点である。通行人の眼が、ミスティに集中する。

三歳ほどの女の子がドレスの裾《すそ》を摑んでいる。

「どうしたのじゃ？」

「パパとママがどっかに行っちゃったの」

見上げる顔は哀《かな》しそうに決まっているが、

「何故《なぜ》、泣かんのじゃ？」

と訊いてすぐ、

「おまえ――いつも哀しんでおるな。哀しみすぎて、泣くのも忘れたか」

ミスティは女の子の長袖《ながそで》の右手を取って、めくった。

「…………」

すぐに袖を戻して、

「他にもあるのだな？」

少女は眼を閉じて、うなずいた。

「身体《からだ》中にか？」

反応は同じだった。

「そして、今日は置き去りか」

つぶやいて、ミスティは沈黙した。

少女がよろめいた。

それを抱き上げ、通りかかったサラリーマンふうに、

「役人のいるところは何処じゃ？」

と訊いた。

「役人って？」

ミスティを見つめて、リーマンは呆然《ぼうぜん》となった。

「役人じゃ。悪党どもを取り締まる人間のことじゃ。知らんのか？」

「あ。なら、ここを渡ってすぐ――ほら、あの丸い建物ですよ」

〈明治通り〉を渡ったところに交番があった。

内部に二人いる。

「礼を言う」

少女の手を取って、ミスティは通りを渡った。

事情を話し、右腕を見せると、警官もすぐに不憫《ふびん》げな表情になった。

「こらひどい」

「この娘はまだ三つにもなっていまい。その全身に切り傷をつけ、火を押しつけ、殴《なぐ》りつけた親がおる。しかも、食事も与えておらぬ」

抱きかかえた小さな身体を見下ろして、

「この街は、じきにわらわのものとなる」

と言った。警官たちが顔を見合わせるのも構わず、

「この娘から住んでいる場所を聞いて、案内《あない》せい。わらわの国に、かように残虐《ざんぎゃく》な真似《まね》をする人非人《にんぴにん》を置いてはおけぬ」

「どうする気です？」

警官の問いは、丁寧《ていねい》語になっていた。そうさせる気品と美しさなのである。

「いや、その前に、この街があなたのお国とか？」

「いずれわかる。その日のためにも、わらわに尽くしておくのが上策《じょうさく》じゃ。裏切り者、変節漢《へんせつかん》は八《や》つ裂《ざ》きじゃが、忠臣には必ず報いるぞ」

「は、はい」

警官は最敬礼をした。奥で事務を執《と》っていたもうひとりまで合わせたから凄《すご》い。

「では、この娘を起こさねばならぬか。空腹ゆえの失神じゃ。何か摂《と》らせねばならぬ」

「そこのコンビニで何か買って来い」

事務を執っていた警官が声を上げた。

「お、おお」

「いや、待て」

ミスティが制止し、近くの椅子《いす》に腰を下ろして、左手で少女を抱いたまま、自らの右袖を肘《ひじ》までめくり上げた。艶《つや》やかで透《す》きとおるような肌であった。

警官たちは息を呑《の》んだ。

白い手首に左の人さし指が一閃《いっせん》するや、真紅《しんく》の山が盛り上がったのである。爪《つめ》のせいだと判断する頭もなく見つめる彼らは、次に展開した光景に、石と化してしまった。

昏々《こんこん》と眠り続ける少女の口元に、ミスティは噴《ふ》き出た血の玉を接触させたのである。

少女の喉《のど》がこくりと動いた。

呑んでいる。血を。一万年の時間から甦《よみがえ》った女の血を。

喉の動きが三度続くと、ミスティは手首を離した。そこには一滴の血も傷痕ひとつもない。

「おお⁉」

警官たちが声を合わせた。

「頬《ほお》に赤みが⁉」

「いや――身体中だ」

合唱のように、

「傷痕が消えていくぞ！」

優しく力強く自分を保護する腕の中で、少女は身を起こした。全身に力が漲《みなぎ》っている。

「眼を醒《さ》ましたか、わらわの血を呑んだ娘よ」

「うん！」

少女は大きく頭をふった。ミスティの言葉の意味はわかっていない。

「では、おまえの両親の下《もと》へ案内せい。虐待《ぎゃくたい》の罪を償《つぐな》わせなくてはならぬ」

「うん！」

「はい、じゃ」

「はい！」

「では――さらばじゃ」


まだ少女を抱いたまま、ミスティは交番を出た。

その背後で、二人の警官はこともあろうに、敬礼してしまった。

少女が指示したのは、〈神楽坂《かぐらざか》〉に近い〈天神《てんじん》町《ちょう》〉の一角に建つマンションであった。

三階のドアのひとつに、

「大熊《おおくま》」

とプレートがついている。

「ここか？」

「はい」

「ちなみに、わらわの名はミスティじゃ。おまえは？」

「みさと」

「ふむ」

チャイムを鳴らすと、ドア脇のインターフォンが、はいと応じた。陰気で険《けん》のある女の声であった。

「みさとの母親か？」

ドアの向こうで息を呑む気配があった。

「わらわはミスティという。おまえたちに罰を与えに来た」

「——何だって？」

「子供を虐待した罪——加えて未来を奪いかけた罪じゃ」

向こう側は沈黙した。すぐに別の男の声が、どけと言い放って、

「何だ、てめえは？」

「もはや名乗っておる。おまえの耳は心臓と等しく腐りきっておるか」

「何ィ？　てめえ、〈区役所〉の福祉課か何かか？　用はねえ、帰れ」

「そちらになくてもこちらにある——入るぞ」

ミスティが、ドアノブを摑んだ。ロックが解ける音もなく、鉄扉《てっぴ》は開いた。

小さな三和土の向こうに、シャツとステテコ姿の屈強な男と、狐眼《きつねめ》の痩女《やせおんな》が立っていた。呆然たる表情は、ドアが開いた件——と、ミスティの姿による。

「この子は、おまえたちの子か？」

右手をつないだみさとの手を上げて訊いた。

「そ、そうだ」

男がうなずいた。

「外におれ」

と告げて、ミスティはドアを閉じた。

「わが国では、親による子の虐待は死によって償わねばならぬ。それは、子のみではなく、国にとっての未来をも奪うことになるからじゃ」

ミスティは室内へ上がり込んだ。二人は下がった。そこにいるのは、昼日中から月光を浴びたように見える美女ではなかった。

異様なものであった。

ミスティの両手が二人の首を摑んだ。

2

「ひと思いに楽にして――やろうなどとは思わぬ」

ミスティは冷然と言った。否《いな》、それは宣言であった。

「子供は親しか頼れぬ。だが頼るべき親に身を傷つけられ、火を押しつけられては地獄じゃ。人間が地獄の番卒《ばんそつ》となった。その報いを受けい」

　ふわりと二人は宙に浮いた。ミスティが垂直に放り上げたのである。

　その顔面へ横殴りに右手がふられた。

　短い悲鳴――というより驚愕《きょうがく》の叫びとともに、夫婦の顔の皮は、きれいに剝《は》ぎ取られていた。

　落ちて来た二人の喉をまた摑んだ。

「助けてくれ」

「あたしたち――何もしてません」

　顔も胸も血まみれだ。正に血を吐く叫びであった。ミスティは笑った。

「――何もしておらぬ？　では、あの子の傷は？　火傷《やけど》の痕は？　自然についたと申すか？」

「そうだ」

「遊んでて、自分で」

「ほう。すると、飢《う》えきっていたのも、あの子が勝手に食事を摂らなかったせいだと？」

「そ、そうだ」

「そうなんです」

「もうよい」

　とミスティは溜息混じりに言った。その眼が煌々《こうこう》とかがやき――いや、燃えはじめた。

「おまえたちと話す意味はない。その分、早めに償わせてつかわす。まずは、何もしていないと申したその口からじゃ」

　咄嗟《とっさ》に意味が判断できずにいる二人の口に、ミスティが手首まで突っ込んだ。

　軽く下へ引いただけで、二人の下顎《したあご》は毟《むし》り取られていた。

もはやせわしない呼吸音しか出せなくなった夫婦を冷ややかに眺《なが》めて、

「まだまだ。次は両手両脚をもぎ取ってくれる」

と両肩を摑んだとき、ミスティのドレスの裾を引くものがあった。

「ん？」

見下ろして、みさとだだと知ったミスティの眼の殺気が、一瞬、動揺した。

少女は必死に首を横にふっているのだった。

「助けてやれと申すのか？　この鬼畜《きちく》どもを？　おまえを傷つけ、炎で焼き、腕を折った上、食事も与えず路傍《ろぼう》に放置した――」

言いかけて、女王は眼を閉じた。開いた眼は穏《おだ》やかな光を取り戻していた。

「――親か」

みさとはうなずいた。質問だと思ったのだ。

その頭を優しく撫《な》でて、

「外へ行け」

とミスティは言った。

「わらわは何もせぬ」

みさとは笑顔でうなずき、従った。

血まみれでへたり込んだ二人を残し、ミスティは奥へ――キッチンへ入ると、二本の包丁を手に戻って来た。

「これから、おまえたちのしたことを役人に知らせる。役人が来る前に、口裏を合わせておくがよい。娘の身体を切り刻んだのは、どっちか、焼いたのはどっちか、食事を与えずに放置しろと言い出したのは、どっちか、とな。ま、口の数は少ないに限る」

二人の足下に包丁が突き刺さった。

「話し合え、こうやって」

ミスティは血の池に転がっていた下顎を拾い上げて、二人の顎に下から叩《たた》きつけた。

顎は嵌《は》まった。

「では、な」

外へ出て、みさとを連れて歩き出したミスティの背に、

「おまえのせいだ」

「刃物を使ったのは、あんたよ」

「煙草《たばこ》を押しつけたのは、おまえだろう」

「腕を折ったのは——」

「うるさい」

悲鳴が上がった。それは何度も繰り返された。

二人がマンションを出たとき、今度は新しい相手を刺しまくった夫婦は、それぞれの血が混じり合った海の中で、白眼を剝《む》いてこと切れていた。


「さ、ここまでじゃ」

ミスティが足を止めたのは、先刻の交番の前であった。

先刻と同じく、外にひとり、中にひとりいるのが、二人に気づくや、外のひとりが交番内にとび込み、二人してデスクの向こうに隠れた。

「何をしておる？」

戸口に立って、ミスティは手を引いた娘を二人の方へ押した。

「ひょっとして——親を？」

「わらわは何もせぬ」

ミスティは平然と言った。

「だが、奴《やつ》らの行為にまで責任は持てぬ」

「ご、ごもっとも」

と外にいたほうが追従《ついじゅう》した。それほどの迫力があったのである。

「ならばよし。この娘を預ける。よしなに計らえ」

「は？」

「この街は、ますます我がレーヌに似ておる。よきところも悪《あ》しき部分もな。後者の根絶半《なか》ばで、わらわは死の翼に触れてしまったが、いま新たな目標を得た。この手をもって、新たなるレーヌの街を誕生させるのじゃ」

「すると……」

「悪しきものは根絶させる。他人《ひと》の未来を奪う輩《やから》はひとり残らず排除せねばならぬ――さらばじゃ」

「ど、何処へ⁉」

最後のひとことの恐るべき余韻《よいん》と、そのもたらすものを想像して、警官たちは凍りついた。

交番を出るとき、ミスティはふり向いてみさとを見た。

頬《ほ》っぺたを赤くした少女は、笑顔で片手をふった。

「さよなら、お姐《ねえ》ちゃん。ありがとう。ありがとう」

すでに交差点の方へ歩み去るドレスの背へ声は届いたかどうか。

交差点から〈新伊勢丹〉沿いに〈靖国通り〉方面へ移動するミスティの前方五メートルの空間に、小さなドローンが降りて来た。

「おひとりになるのをお待ち申し上げておりました」

メカを通した男の声は、セザカリ――閣座仙三郎のものであった。

「ふむ、いつから尾《つ》けておった？」

ミスティは怒りを含んで訊いた。

「無礼をお許しください。ミスティ様が、〈メフィスト病院〉にお入りになるところを発見いたしましてからでございます」

「せんべい屋の前に落ちていた〝探り鳩〟は、おまえたちの仕業《しわざ》か？」

「いえ。あの機体はこの国の軍隊――自衛隊のもので、撃墜したのは他国――アメリカのドローン――偵察鳥でございます」

「わらわの動向が、それほど気になるか、よし、そのような愚事《ぐじ》を行なうものが、どのような目に遇《あ》うか、思い知らせてくれる」

「我らもお手伝いしとうございます」

「おまえたちは、この国と他国の軍勢を処分せよ。後はわらわが直々《じきじき》に手を下す」

「承知いたしました」

「では、早速かかれ」

「はっ」

ドローンがとび去ると、睨《にら》みつけていたミスティの表情が崩れた。残ったのは、悲哀に満ちた美女の顔であった。

その肩を気易《きやす》く叩いたものがある。

若い客引きであった。

「カッコいいドレス姿のお嬢さん――昼間っから愉《たの》しいお店があるんだけどなあ。〈新宿〉でなきゃ会えないハンサムが揃《そろ》ってるよ」

「離せ」

「そう言わずにさあ。ね、行ってみようよ。すぐそこだ」

力を加えた客引きの手首を摑んでひと捻《ひね》りすると、肩と肘と手首が簡単に折れた。

声もなく爪先《つまさき》立ちになる手を離し、

「慮外者《りょがいもの》」

と突きとばした。客引きは通行人を薙《な》ぎ倒しつつ一〇メートル以上吹っとんで〈新宿通り〉向こうの「三菱《みつびし》UFJ銀行」の壁に激突した。

ミスティの美貌《びぼう》を曇らせる翳《かげ》は、無論そのせいではなかった。

ミスティが足を止めたのは、〈秋せんべい店〉の前であった。

柔らかな陽射《ひざ》しが、その影を路上に落としている。周囲には人影もなかった。珍しく客の姿もない。

「やらねばならぬか」

つぶやいて、ミスティは〈秋人捜《DSM》しセンター〉の出入口のある垣根《かきね》の方へと歩き出した。

垣根の前でまた足を止め、しばらくドアを見つめた。繰り返しである。

「ならぬ」

これほど華麗《かれい》で重いつぶやきがあるだろうか。

それを土産《みやげ》に女王はふり向いた。

眼の前に奇妙なものが立っていた。

真っ白い上下に先の尖《とが》った同色の靴。顔にも白墨《はくぼく》を塗りたくって、唇だけが分厚《ぶあつ》く赤く、頭はつるっ禿《ぱげ》だ。

それなのに全身が血痕だらけに見えるのは、赤丸が散らされているからだ。右手には、これも真っ赤な紙製の拡声器を摑んでいる。

それを口に当てた第一声が、かん高いピエロ声の、

「よお、ミスティ」

であった。

驚きの眼を見開いて、ミスティは沈黙に陥《おちい》った。

やがて――おそらくは彼女にとって、長い長い時間《とき》が過ぎてから、

「ダーラモス――あなたなの?」

虚ろな声で言った。

「そうとも」

ピエロは片手を腰に当てて、もう片方も拡声器ごと胸につけて、恭《うやうや》しくお辞儀《じぎ》をしてみせた。

「他の四人が甦ったんだ。僕だってこの街にいて悪いことはないだろ?」

ミスティの眼から光るものが落ちた。

「そうじゃ。そのとおりじゃ」

「君が甦ったときから、僕にはわかっていたんだ。家臣どもとは連絡を取っていないが、君のやりたいこともわかってる。〈魔界都市〉の征服だね?」

「………」

ピエロ――ダーラモスは、大きく両手を広げて、空気を吸い込んだ。思いきり吐いて、

「この街こそ第二のレーヌにふさわしい。虚飾《きょしょく》、淫猥《いんわい》、享楽《きょうらく》、欲望――そのすべてが詰まってる。いいや、煮えたぎっているんだ」

ピエロは、にっと笑った。ミスティの邪笑さえ凌《しの》ぐ狂悪邪性《じゃせい》の笑みであった。

「君の都、そして、僕の都。忠実な狗《いぬ》も三匹いる。

これだけで、第二のレーヌ建国には充分さ」

「そう思うか？」

ミスティはピエロの間抜け顔を真正面から見据《みす》えた。

それはすぐに縦にふられた。

「君の言いたいことはわかっているとも。確かにこの街には、厄介《やっかい》な先住民がいる。この街の象徴ともいうべき奴らが、二人もね。けど、僕らが力を合わせれば、なあに物の数じゃあないさ」

再度の沈黙がミスティを捉《とら》えた。ダーラモスの発言に対する、明らかな否定であった。

「君だって、そのためにここへ来たんじゃないのか？　なのに去ろうとした。それは何のためだい？」

「…………」

ダーラモスは、白い手袋をはめた指で、ドアを差し、

「なあ、こいつは過去に、君の眼の前で僕の首を斬り落とした敵将なんだぜ。なのに、なぜ逃げるんだい？」

「逃げてなどおらぬ。気が乗らなかっただけじゃ」

「へえ、どうして？　なんで？」

立ち尽くすミスティの周囲を、ピエロ姿は風のように舞った。

「ねえねえ、ひょっとして――ハンサムに弱いのかな？」

その首に灰色の布が巻きついた。布はドレスの胸もとから伸びていた。

「うおおおお、やめてくれ。また首チョンはごめんだよ」

喚《わめ》く声は、みるみる嗄《か》れていった。

拡声器が口もとに上がった。そこから洩《も》れたのは、死の間際《まぎわ》の喘鳴《ぜんめい》ともいうべき音であったが、ミスティはよろめいた。

「殺すつもりもないのに、〝死招布《ししょうふ》〟を使ってはいけないよ」

剝がれ落ちた布をにらみつけて、

「ひと思いに首を落とす——そう教えたはずだよ——ん」

大仰《おおぎょう》なポーズの前で、ミスティも姿勢を戻していた。

不意に向きを変えて歩き出した。

〈新宿駅〉の方角であった。

「待ってくれ。哀れなピエロを置いて行かないで～」

追いかけようとするピエロの首が垣根の方を見た。悪鬼の眼差《まなざ》しであった。

「何なら今、ボクちんが——」

と向きかけた身体が、ふと止まり、彼は肩をすくめた。

「こりゃ凄い。第二のレーヌには、やっぱりコワーイ兵隊さんがいる～。ねえ、待ってえ～」

追いすがる影と先を行く影が小さくなってから、ある六畳間の中で、

「やれやれ」

厄介なという、それは美しいつぶやきが洩れた。

3

梶原〈区長〉からの電話がかかったのは、二人が去ってから一時間ほど後であった。

自衛隊と米軍の捜索部隊が全滅した、と告げられ、せつらの第一声は不謹慎にも、

「はあ」

だけであった。

「で、相討ち？」

「いや、〈新宿警察〉の調査によると、全員、異常な死に方をしているそうだ」

沈痛《ちんつう》どころか興奮の態《てい》で続けた話によると、自衛隊のSP——スペシャル・フォースが使用しているマンションに窓外《そうがい》から焼《しょう》夷《い》炸裂《さくれつ》弾が投げ込まれ、内部にいた全員が死亡した他、ほぼ同時刻、〈十二《じゅうに》

社《そう》〉――〈秋せんべい店〉の周囲をうろついていた隊員たちも、路上のアスファルトの中で溺死《できし》していたという。硬いはずの歩道は、捜査員が駆けつけたとき、震災時に生じる液状化の様《さま》を呈《てい》していた。

「〈河田町〉の犯人だ」

梶原の断定に、せつらも異論はなかった。

米軍のほうは〈左門町《さもんちょう》〉のマンションの一室で焼死していたが、その身体はもちろん、その部屋自体が、まるで紙のように焼きつぶされ、隣室との壁や廊下も、ぴたり半分だけが、黒炭と化していたという。

「ふーん」

せつらは考え込んだ。すぐに、

「銃砲店とお茶の師匠と不動産屋」

と言った。

復活した三家臣の名と職業は、〈新宿警察〉に告げていない。

「何だね、それは?」

せつらはそれを伝えた。

「感謝する。すぐ逮捕させよう」

と伝えて、梶原は電話を切った。なぜ黙っていたとも言わない。せつらに文句をつけても、暖簾《のれん》に腕押しだと承知しているのだ。この後すぐパトカーが急行したが、三人とも当然姿を消していた。

「明日の昼」

そこで決まる。

せつらが外出したのは、夕暮れどきであった。

〈歌舞伎町〉へ出た。

何が起きても変わらない賑《にぎ》わいがせつらを迎えた。

何事もなくせつらとすれ違う連中は極端に少ない。何メートルも前から気づいた段階で、魂《たましい》が抜け落ちてしまうのだ。

〈セントラルロード〉の真ん中で、目的のものは見つかった。

人垣が出来ている。その内側――破れたドアの前に、ガラスの破片と客らしい男たちの山が出来ている。どいつも白眼を剝いて、血まみれだ。呼吸もしていない。情け容赦《ようしゃ》のない暴力が襲ったのだ。

「やっぱり」

と洩らしたとき、またひとり吹っとび、山の仲間に加わった。これは警官だ。よく見ると、先にも三人ほどいる。

せつらは店内へ入った。

近くのゲーム台の下にうずくまっている若者に、

「何か？」

と訊いた。

「女とピエロが来てすぐ、女がそばの客と喧嘩《けんか》しはじめたんだ。あっという間に一〇人近くやられた。逃げ出そうとした奴らも捕まって……」

彼の言葉が終わる前に、せつらは気づいた。

店の奥のゲーム台の前に、ミスティ&ピエロが立って、こちらを見つめている。

何処か切なげな表情の横で、ピエロが恭しく一礼した。

「ダーラモスと申します。お見知りおきを。ミスター〈新宿〉さん」

「五人目の家臣」

「はは、他の四人と一緒にされたくはありませんね。こう見えても、ミスティ様には、お情けをかけていただいた仲で」

ぐ、と呻《うめ》いて身体を折ったのは、ミスティの肘打ちを鳩尾《みぞおち》に食らったからだ。

「何をしに来た？」

ミスティがつっけんどんに訊いた。

「そろそろ夕食の時間だ。これから明日までは一緒にいないとね」

「下僕どもとはいつでも会える。明日の邂逅《かいこう》など意味はない」

「一応、流れに合わせよう」

「ほほ、無体《むたい》なことを仰《おっしゃ》る」

ピエロがせつらに指を向けた。

「そんなことで揉めてる場合ですか。ゲームを愉しんでいた女王様にチンピラどもが因縁《いんねん》をつけて、返り討ちに遇ったただけの話ですよ。大丈夫、女王様は必ず、明日の昼に約束の場所へ出向きます」

「ピエロの仕事はそそのかし」

とせつらは茫洋《ぼうよう》と言った。三人の間には空気以外の何もない。

「ですが、その付き添いはあなたではありませんよ、ミスター秋」

「ほう」

どちらの口調にも狂気の一片《いっぺん》もない。それが不気味だった。

「よさぬか、ダーラモス」

ミスティの叱咤《しった》がとんだ。

「はい、これはご無礼を」

額《ひたい》をひとつぴしゃんと叩いて、ピエロはバック転をして見せた。


ミスティはせつらを見つめた。そのはかなげな表情に彼が気づいたかどうか。

「行こう」

とせつらの方へ歩き出した。

「どーも」

並んで歩き出したせつらはもう、ピエロのことなど忘れ果てたふうだ。

「これは困りました。これで私の出番は終わりですか?」

「ダーラモス」

キリリと鋭い声のミスティへ、

「はーい。わかっておりますとも。私は何にもいたしませんとも。でもねー、私の友人が……。どうか、お気をつけて」

二人はふり向きもしなかった。

〈一番街《いちばんがい》〉を駅の方へ歩きながら、せつらはすぐ、おや？　と言った。

「雨か」

ミスティが天を見上げた。

「レーヌにも雨はあったのか？」

「当たり前じゃ。おかしなことを言うと許さんぞ」

「どーも」

降りが激しくなった。

「いかんな。わらわは平気だが、おまえは濡《ぬ》れると困るであろう」

「風邪を引く。ゲホゲホ」

「今、取って来てつかわす」

と左方の「セブン・イレブン」へ向かおうとするのを、

「それより、何とか菌を除いてくれないか、ゲホゲホ」

「あれは嘘《うそ》じゃ」

「え？」

「いつも春のようなおまえに、世の中の厳《きび》しさを教えるための出鱈目《でたらめ》じゃ。ゲホゲホいうのは風邪のせいよ」

と歩き出すのを、

「ちょい待ち」

と止めて、せつらは先に入って、ビニール傘《がさ》を二本買った。

「ほい」

と一本を手渡すと、

「いらぬ」

やり投げみたいに通りの反対側へ放り投げた。

傘はちょうど通りかかった通行人の襟足《えりあし》から背中へ吸い込まれ、J型のグリップが上衣《うわぎ》の後ろ襟に引っかかって止まった。通行人はそのまま歩み去った。気づきもしなかったのだ。

「器用」

「それほどでもない」

「でも、何故捨てた？」

「この程度の雨なら一本で充分じゃ。少しくらい濡れてもよかろう。させ」

ビニールが広がると、ミスティはせつらの腕に手をかけた。

「おや？」

「不満か？」

「いえ、別に」

「よし――歩け」

「えらそーに」

さすがにせつらがクレームをつけると、すぐ、

「では、行こう」

二人は雨の中を歩き出した。

「おたくの仲間は――」

「下僕じゃ」

「下僕はあと何人？」

「ダーラモスも入れて三人じゃ」

「全部で四人？」

「そうじゃ。おまえに斬《き》られたテベアは生きておる」

「残念」

「斬り損《そこ》なって無念か？　やはり戦士じゃな」

「いや、人捜し屋でね」

「人捜し？　わらわの国にもいた。女衒《ぜげん》か？」

せつらは少し眉《まゆ》をひそめて、

「似てるな」

「よい。職業に貴賤《きせん》はないぞ」

「どーも」

「なんの」

二人は〈新宿通り〉に出た。

通りを渡ったせつらが、きょろきょろするのを見て、

「何をしている？」

「タクシー」

「もったいない。歩いてまいるぞ」

「いいけど」

せつらは諦《あきら》めた。明日の正午までトラブルは厳禁だ。

「空がとべたらよいのにな」

「空？」

二人の頭上には灰色の空が広がっていた。

「ふと考えたのじゃ。レーヌにはわらわと随身《ずいしん》ども用の空とぶ船があった。雨の中をとんだこともある」

「ふーん、誰と?」

過去に煙っていたミスティの表情が急に固まった。

「本気で知りたいのか?」

「いや」

「なら黙っておれ」

「はーい」

せつらは右手を上げた。

ミスティは苦笑に変えて、歩き出した。

〈秋人捜し《DSM》センター〉へ入る前に、せつらは近くの定食屋で夕飯を摂った。

ミスティは興味津々《しんしん》という眼で、トレイの上の品物を観察し、

「それは何じゃ?」

「鯖《さば》の煮つけ定食」

「魚好きか?」

「普通」

「レーヌでは大きな鱒《ます》が釣《つ》れた。よく食卓に上ったものじゃ。味付けは異なるか。——これは何じゃ?」

「味噌汁《みそしる》。中身は豆腐《とうふ》と長ネギと味噌」

「変わったスープじゃ。美味《うま》いのか?」

「何とか」

「その黄色い野菜は?」

「タクアン」

「異様な匂いがするな」

「齧《かじ》ってみる?」

「私の身体は何も受けつけぬ。紙を食《は》むのと同じじゃ」

「ふーん」

せつらは、気にした素《そ》ぶりも見せず、定食を平ら

げ、その間、女王は興味津々《しんしん》の眼差しを当てていた。

　お茶を飲んで立ち上がったとき、

「その料理が好きか？」

「ああ」

「ならば、この街が第二のレーヌになった際も、この店は残そう」

「それはそれは」


　六畳間に、せつらはまた布団を敷いた。

「お客用のはない。これに入って眠れ」

「わらわは眠らぬ。おまえが休め。わらわはそばで起きていよう」

「ふむ」

　それなら勝手にが、せつらの身上《しんじょう》だ。

「お先に」

　と布団に入った。朝と同じ状況である。

「前も気になった。服を着たまま眠るのか？」

「この街は、いつどんなことでも起こる。着替えていては間に合わない」

「よい心がけじゃ」

「お寝《やす》み」

　すぐにうとうとし出すと、

「他に部屋はないのか？」

「んー？　その通路を抜けると、もっと広い部屋がある。眠くなった？」

「わかった」

「んじゃ」

　すっと眠りに落ちると、

「では」

　とミスティは立ち上がった。

　奥の十畳間へ入ってすぐミスティは胡座《あぐら》をかいて眼を閉じた。

　少しして、

「——何故《なにゆえ》じゃ？」

　とつぶやいた。この女の言動からは想像もできぬ切なげな声であった。

「何故、胸が高鳴る？　あ奴の顔が離れない？」

答えはわかっている。それを認めるのもやぶさかではない。その精神《こころ》と向かい合った果ての声であった。


せつらは眼を開いた。無意識の奥の無意識ともいうべきものが、侵入者を感知したのである。すぐ眼を醒《さ》まさなかったのは、殺気がなかったからだ。

気配は彼の右横に留《とど》まった。

「ん？」

ミスティが見つめていた。

「何か？」

もごもごと訊いた。

「何でもない。休め」

「はーい」

また闇に閉ざされる意識を、

「わらわは」

という声が追ってきた。

「おまえの寝顔が好きじゃ」

第八章　レーヌへの道

1

その深更《しんこう》である。

〈富久町《とみひさちょう》〉の「成女《せいじょ》高等学校」近くにある建売住宅のひとつで、ミスティの臣下――テベアこと車修平は、勢いよくベッドの上で起き上がった。かたわらで、愛人の桜井澄子《さくらいすみこ》が眼を開いて、

「どう――したの?」

間のびした声で訊《き》く身体《からだ》は全裸であった。車との激しい行為の痕《あと》は、首すじや豊かな乳房の上に痣《あざ》となって残っている。

「あの方が来られる」

ベッドから下りて、椅子《いす》にかけたガウンに手をのばす。それが止まった。

「いや――もう」

寝室のドアが開いたのはそのときだ。

「テベアよ、許せ」

黒いドレスの裾《すそ》から襟《えり》もとから灰色の布が、ひらひらと流れはじめた。

「な、なぜでございます?」

テベア――車は後じさりしながら尋《たず》ねた。

「許せ」
四、五十センチまで近づいた布切れを見つめながら、車はサイドテーブルに載《の》せた品を摑《つか》んで、ミスティに投げつけた。
それは小さな――犬小屋のミニチュアであった。

「ご記憶にありますかな、〝テベアの小さな獣小屋〟を⁉」

ミスティの足下《あしもと》に落ちた刹那《せつな》、それは吹きとんだ。内部から巨大な形が噴出したのである。

鰐《ワニ》の頭部と獅子《しし》の胴を備えた獣であった。

「ほお、アメミットか」

「ご命令により、私がこれやアヌビスの小屋を建てたのは覚えていらっしゃるか。私は暗殺者への対策としてそれらを縮め、携帯しておりました」

アメミットが異様な唸《うな》りを発した。世のいかなる動物のものとも異《こと》なるそれは、しかし、明らかに憎《ぞう》悪《お》と飢《う》えと凶気に塗《ぬ》りつぶされた声であった。

本来は存在する獣ではない。〝幻獣〟と呼ばれる古代エジプトの伝説だ。

古代エジプトは転生を信じ、その前に冥界《めいかい》アアルで審査が行なわれる。すなわち、秤《はかり》にかけられた死者――魂《たましい》の心臓が真理の象徴マアトの羽根より重かった場合、心臓はアメミットによって食い尽くされ、魂は再びの転生を許されない。アメミットとは、〝貪《むさぼ》り食らうもの〟の意味である。

車ことテベアは、その伝説の獣を現実に飼い慣らし、住居まで与えていたらしい。

「お許しください、ミスティ様。お帰りくだされば、アメミットは何もいたしません。私もこの街を去りましょう」

「信じぬ。わらわは、ひとつのことのみを信じる。おまえが、秋せつらに敵対するわらわの下僕《げぼく》であるということを」

「――やはり」

テベアは、やはりと言った。まさかとは言わなかった。すでに承知していたのである。

「あなたさまの父上は、この世を支配するのは、倫理でも道徳でも法でも力でも情でもなく、美しさだと言われた。今になってわかり申した。ならば、私も遠慮なくアメミットにあなたの血と肉を与えましょう」

アメミットが、ぐいと下がった――同時にミスティの背後――真逆だが等しい距離で、この世ならぬ唸りが聞こえた。

背後から襲ったアメミットの牙《きば》が、ミスティの右の首すじを嚙《か》みちぎったとき、前方にいたはずの姿はなかった。

「よい歯を持っておるな」

ミスティは笑った。

「おまえの飼育上手には、わらわもダーラモスも讃《さん》嘆《たん》を惜しまなんだ。このひと噛みもその成果であろう。だが、そこまでじゃ、テベアよ、許せ」

　布切れがのびる下をかいくぐって、アメミットはミスティの首を襲った。今度は左頭部を食いちぎった。

「これでわらわを斃《たお》せると思ったか?」

　ミスティの眼に別の光が点《とも》った。

　悲しみか、哀《かな》しみか。

　繊手《せんしゅ》から、透《す》きとおった羽根のようなものが滑り落ちた。

　それはなおも牙を剝《む》くアメミットの足下に落ちた。

「わらわ」

　とミスティは言った。羽根は動かなかった。

「テベア」

　羽根が浮き上がった。

「おまえはそれより重い」

「これは——」

　車の眼が限界まで剝き出された。

「マアトの羽根じゃ」

　アメミットの顔と呻《うめ》きが車の方へ向いた。

「二度と甦《よみがえ》れぬ」

　ミスティの声より早く、幻獣は飼育係の顔へと走った。真理の神マアトの羽根よりも重い魂は、貪り食われるとの伝説のとおり。

　押さえた首すじと手の間から鮮血を噴出しつつ、車はよろめき、その場に崩れ落ちた。

「女王様——私は……このような目に……遇《あ》うために甦った……のか……?」

　そして、永遠の沈黙が彼を包んだ。

「許せ」

　死者はどう応じるか——それも気に留《と》めず、むしろ、死によって得られる生に嬉々《きき》とするふうに、ミスティはベッドの澄子を見た。

　胸もとまで上掛けを引き上げた蒼白《そうはく》の顔が、

「出てけ」

とつぶやいた。ミスティに聞こえぬように、

「出てけ」

澄子は枕を摑んでミスティへ放り投げた。

胸に当たった。

ミスティの眼が、もとの光を帯びた。

その胸もとから流れ出た布が、蛇のように澄子の方へうねくり寄って行った。


「そこのお姐《ねえ》さん、一弾倉《ワン・マガジン》どうだね？」

〈山吹町〉の公園に店を出していた〝射的屋〟が、通りかかった女に、拳銃とライフルを突き出して誘った。

ここ〈山吹児童遊園〉は、陽《ひ》が落ちると、こうした香具師《やし》たちの世界に化ける。

人工照明に照らし出されるのは、お決まりの飲食店や即製のゾンビ屋敷、金魚すくい、古本屋、古時計の商い、スペースがあるところでは、スピード・カートやイメージ・バイク・レースがエンジン音を鳴り響かせている。彼らを追いかけ立ち塞《ふさ》がるのは、三次元ピクチュアのモンスターたちだ。深夜だが客足は多い。〈歌舞伎町〉で一杯飲《や》ってから来る連中も多い。目当ては今では少なくなった生身のヌードショーとストリップだ。

その〝射的屋〟は、賑《にぎ》わいから少し外れた場所に位置していた。客は出入口で好みの銃を受け取り、小屋に入る。内部にはベニヤ板の壁にはさまれた通路や小部屋が、突然現れる人形《ダミー》ともども待っている。

中年の女は、そこの常連らしかった。或《ある》いは髭《ひげ》もじゃの店主と知り合いなだけかもしれない。

「あれかい？」

「あれよ」

店主が手渡したのは、一〇〇連ドラム弾倉付きの、H＆K《ヘッケラーウントコッホ》の最新自動拳銃《オートマチック》であった。口径が三・六ミリしかないため、一〇〇連弾倉も一キロ弱。二《に》挺《ちょう》持っても、男ならさして苦にならないが、

女にはキツい。それを可能にするのは、両腕に施《ほどこ》したサイボーグ手術であった。

「一〇人いるぜ」

「そう来なくちゃ」

女は店主の髭を軽く引いて笑った。

ベニヤのドアの向こうはすぐ通路であった。左右にドアが並んでいる。

通常とび出してくるのは、幻像か人形だ。ただし、この人形は命中弾によって作動停止に陥《おちい》らない限り、反撃の手をゆるめない。急所を外れたり、パワーの少ない弱装弾だったりすると、容赦《ようしゃ》なく射《う》ち返してくる。弾丸は客の要望によって、実弾を使用する場合もあり、こうなると本当の殺し合いである。〈新宿〉にふさわしい〝射的〟と言えるだろう。

女の五感は常人のレベルを超えていた。ベニヤ板を通して忍んだ者の体温を感知できたし、常人には聞こえぬ吐息《といき》も聴取可能だった。これまで何度も、ここで死地に遇い、傷も負った。敵の弾丸が風を裂き、ナイフが皮膚を裂くたびに、女は性的に昂《たかぶ》った。

今回の敵はかなりの強敵であった。気配も緊張もほとんど伝わって来ない。

――出ておいで
と胸の中で誘った。

ルールでは、敵の居場所に気づいたら先制してもかまわない。だが、女は常に攻撃を待ってから引金《トリガー》を引いた。生死の境は一瞬で傾く。その一瞬に遅れることが、女には絶頂へと導《みちび》く快感であった。

――おいで。昔のように
長い長い時の彼方《かなた》で、女は空気の力で鉄の玉をとばす武器の開発者であった。

一面の砂漠で地族《じぞく》と戦ったとき、砂の下に潜《ひそ》む彼らは、忽然《こつぜん》と女の四方に現われ、八本の手足で同時に四本の矢を放った。それを迎え撃てたのは、女の武器が連発式だったからだ。小気味《こきみ》よい衝撃とともに放たれる弾丸は、砂中から出現した敵を、ことごとく射ち倒した。

一度、一本の矢が心の臓ぎりぎりに命中し、もう一本が鳩尾《みぞおち》を貫《つらぬ》いた。この戦いにおいて女が斃した敵は三百余匹であった。その痛みが今も身を灼《や》く。震わせる。快感となって。

——射って、先に私を。お礼に何度も殺してあげる
左の壁の向こうで気配が生じた。ひとつだ。女は放っておいた。

不意に前方二メートルほどにある左右のドアが開いて、二つの人影がとび出した。どちらも頭から戦闘《コンバット》スーツを着込み、顔面も防弾用のシャッターマスクでカバーしている。

女は滑り込みの要領で身を沈めた。

頭上を秒速五〇〇メートルの物体が通過する感覚があった。九ミリ・ショート——このボルト音と速さからするとマック11／4だ。

儀式は済んだ。

女はH&Kの引金を引いた。

男たちの下腹部を射ち抜き、のけぞりざまに左の武器を後方左の壁に向けた。

ベニヤをぶち抜いて現われたのは、先の二人と等しい装備の巨漢であった。手にしたFALを射つ暇《ひま》もなく、超小口径弾一〇発を胸もとに食らって倒れた。ドラム弾倉に装塡《そうてん》してある一〇〇発は、すべて徹甲弾《てっこうだん》だ。人体用の防弾ベストなど紙のように貫いてしまう。即死だ。

女は前進した。前方の二人の片方は即死、もうひとりは苦鳴《くめい》を洩《も》らしているが、動けない。そいつの襟首を摑んで起こし、盾《たて》にしてから、三メートルほど先の右のドアの前に立った。

天井に気配が動いた。板一枚分がずれ手榴弾《しゅりゅうだん》が放られる前に、H&Kの徹甲弾が、天井板ごと潜伏者を蜂《はち》の巣にしていた。

足下に落ちた円筒を、女はドア前へ蹴《け》りとばして、床に伏せた。

爆発がドアを吹きとばすと同時に、衝撃波もかまわず立ち上がって突入した。

内部には三人の男がいた。

二人が前方の壁に叩《たた》きつけられ、左の一人は眼を覆《おお》ってよろめいている最中だ。

「はい」

と声をかけた。壁際の二人が先に、H&K《ヘッケラーウントコッホ》mp5kⅢを向けた。

弾丸は盾にした男に命中した。女は同じ社の製品を乱射した。二人を仕留《しと》めるより早く、左手を立ち尽くす男の方へ向けた。

銃火が交差した。左肩に灼けるような痛覚を感じながら、女は疑問を抱《いだ》いた。

こちらの弾丸のほうが早かったはずだ。

男は平然と立っている。

——ゾンビか
女の相手は、高額の報酬に釣《つ》られた生命《いのち》知らずばかりだが、店主は異物をセレクトしたようだ。

信じ難い発条《ばね》で床を転《ころ》がりつつ、生ける死者の頭部へ一連射を叩き込んだ。

簡単に倒れた。最近は脳を射たれても死なない人工の新型が出ているというが、今回のは旧型だ。

右手の平に貼った痛みと血止めシールで傷口を叩いた。シールは二枚で足りた。

2

「最新型を使ってほしかったわよね、店長。お金は払ってあるんだから」

女は両手のサブマシンガン《SMG》を持ち直した。弾丸の消費によって弾倉《マガジン》の重さにほとんど変化がない。弾丸の消費量は極端に少ないのだ。

奥のドアを通して気配を探《さぐ》る。

動揺が視界をゆらめかせた。

気配はあった。

死の気配が。

素早く走り寄って、ドアを蹴った。

オイル臭が鼻孔《びこう》をえぐった。

隣室に待機していたのは、キャタピラ付きのRCRW（遠隔操作用ロボット兵器）だった。五〇人以上の重武装兵士を相手にすべく開発された戦闘メカだ。二メートルほどのキャタピラ付き車体に兜《かぶと》を思わせるドーム状砲塔が乗っている。突き出した五〇ミリ砲は、砲弾の種類によって敵を焼殺するか破壊するかを選択する。RCRWは三台あった。それがみなつぶれていた。弾丸やレーザーによるものではない。強烈な力で圧搾《あっさく》されたようにひしゃげている。

——誰がこんな真似《まね》を？

記憶が閃《ひらめ》いた。

ひとり——いた。

「セトリア」

部屋の左隅《すみ》から呼ばれた。いま見たときは影も形もなかったのに。

「ミスティ様」

しなやかな立ち姿は、かつての下僕セトリア——瀬戸たえを静かに見つめ、

「許せ」

と言った。

セトリア＝たえの反応は電光だった。ひとことで、すべてを理解したのである。この女主人ならあり得る、と。

銃弾がミスティを襲った。

一発目はその心臓を貫き、二発目は心臓内で炸裂《さくれつ》した。一発ずつ装塡された徹甲弾と炸裂弾であった。

ミスティがよろめくのを眼の隅で捉《とら》えつつ、セトリア＝たえは、前方のドアへと走った。窮地《きゅうち》を脱するには、そこしかなかった。

ミスティは、数秒遅れて歩き出した。

「不忠者めが」

つぶやいて、閉められたドアを開けた。

「ほう」

低いが感嘆の声である。

前方に広がっているのは、石の壁と柱に囲まれた通路であった。

人影は見えない。左右の天井から陽の光が差し込んでいる。

「覚えがあるぞ、セトリアよ。おまえが使っていた〝戦闘士の道〟じゃな」

「左様《さよう》でございます。無論、本物ではございません。テベスに頼んで構成してもらったもの。材料は木の板と紙でございます」

何処《どこ》からともなく流れるセトリア＝たえの声に反して、その廊下も壁も、まぎれもない石の艶《つや》と重量を誇っていた。

ミスティは片手でそばの石柱に触れた。本物だ。

「想像はつきますが、伺《うかが》いたい。何故《なにゆえ》、私を狙《ねら》われますか?」

「想像のとおりじゃ」

「女というものは、信用がなりませぬな」

この会話の間に、ミスティはセトリア＝たえの位置を探知していたのである。

右手がドレスの胸もとに入った。戻った手は拳《こぶし》大の塊《かたまり》を摑んでいた。

ミスティはそれを天井へ放った。

空中で銃声が轟《とどろ》いた。

回転した塊は、布を丸めたものであった。

それは八方へと散らばったのである。長い糸と化して。

天井全体が灰色に覆われたとき、左側の壁で驚きの声が上がった。

閃光《せんこう》が光ったのは右の石柱の陰であった。

二つの壁の間に布の糸が張られ——銃声はしかし、遠い曲がり角からした。

ミスティはよろめいた。

異様な感覚が、右肩の命中部位から伝わった。

真っ赤な染《し》みが広がっていく光景は、超高速で広がる癌《がん》細胞を思わせた。

「飢餓虫《きがむし》弾でございます」

とセトリア＝たえの声が言った。

「女王様の全身を食らい尽くすのに、一分とかかりませぬ。そして、女王様は私の位置も突き止められませぬ」

「〈妖術射撃〉か」

と応じたミスティの上半身は、顔の半分を残して消失していた。

自分は探り得ない地点に身を隠し、記憶した標的を確実に射殺する――〈妖術射撃〉と呼ばれる技術は、数千年前に存在していたとみえる。

ミスティが倒れると、その身体は猛烈な勢いで変色し、崩壊していった。肉も骨も内臓もことごとく失われた。食肉虫の姿は見えなかった。

「さても簡単に引導《いんどう》を渡せるとは」

石床の奥に、ぽつんと人の頭部が浮き上がった。セトリア＝たえであった。すっくと立ち上がった。

銃口が広がったラッパのような長銃を手にしている。

「血の一滴も残さず、か。恐るべき〝飢餓虫〟よ」

無表情な顔に、奇妙な言葉を口ずさみはじめた。魂の平隠と復活を祈る古代の祈りでもあったろうか。

声は、突然熄《や》んだ。

セトリア＝たえは足下を見つめた。

床の上に生《は》えた一本の生腕が、彼女の足首を握りしめているのだった。

否《いな》、それは生えているのではなかった。肘《ひじ》だけで転がっていたものが、みるみる肉が付き、一本の腕となった。そこから肩が首が、胴が、胴から腰が、そして足が形を取っていく。

「わらわの肉と血が気に入らなかったと見える」

こう言ったのは、ミスティの顔の右半分だ。

「だが、だからと言って吐き戻すとは無礼なる虫ケラじゃ。いま処罰を下してやろう――飼主もろとも死ね」

床に伏せた姿勢で、ミスティは左手をふった。襟《えり》元《もと》から流れた布が何もない空間をはたいた。

鋭い打撃音がして、確かにそこから苦鳴らしきものが上がり――すぐに消えた。

「虫ケラは滅《ほろ》びた。次はおまえじゃ」

絶叫を放って、セトリア＝たえは自由なほうの足で主人を蹴りとばそうとした。

それは別の手で押さえられた。

押さえられた部分から、骨の髄《ずい》まで貫く痛みが、セトリア＝たえを硬直させた。

「おや、両手に一匹ずつ残っていたらしいの」

ミスティは微笑を刻みはじめた。

「どれほどの食欲か見せてもらおうか。セトリア――食われ具合はどうじゃ?」

返事はなかった。運命を受け入れたかのように、セトリア＝たえの身体は、足首から失われていった。それでも腰が失われるまでは立っていた。横倒しになった上体も、数秒で失われた。

ふたたび布のひとふりで、見えない虫たちを処分すると、ミスティは、左方の石壁に近づき、軽く手で押した。

粘っこい音をたてて倒れた壁は、ベニヤ製であった。

月光の下で、数人の見物人がこちらを見つめていた。

「早く戻れ。飢えた虫がおるともしれぬぞ」

ミスティは公園を出た。

通りに、見覚えのある影が立っていた。

「お疲れを払いにまいりました、女王様」

恭《うやうや》しく一礼したのは、ピエロ姿であった。

「よくここがわかったの」

「ミスティ様が、彼らの居場所を突き止められるのと同じ技を、私も持っておりますよ」

「邪魔をするな」

「あなた様のご意向に逆らうつもりは毛頭《もうとう》ございま

せん。ですが――」

ピエロは笑っている。いつも笑っている。泣いても笑っている。呪《のろ》っても笑っている。

「――その理由が少々気になるのでございます」

「僭上《せんじよう》であろう、ダーラモス」

ミスティは足を止めなかった。ピエロの左脇を通り抜けた。

その身体が背後から抱きしめられると、強引に顔をねじ向けられた。唇が奪われた。

激しく頭をふって、もぎ離した。

憎悪の瞳の中で、ピエロは明るく笑った。

「私との閨《ねや》での出来事を、もうお忘れですか？　その記憶がある限り、私はあなたを許しません」

「下がれ」

「いいえ」

また唇が重なった。ミスティの抵抗はなかった。

〈新大久保駅〉近くのラブホテルで、ピエロは確実に、女主人の秘部を衝《つ》いた。

「ああ……許さぬぞ、ダーラモス……このような場所で……このような真似を……」

「射たれても刺されても焼かれても滅びぬ肉体《からだ》が、抱かれれば燃える……女というものは業《ごう》が深い生きものですな、女王様」

「おの……れ……許さぬ……」

怒りの声は喘《あえ》ぎに近かった。それは二人の行為がはじめてではないと告げていた。

法悦《ほうえつ》に悶《もだ》える顔が、雷撃《らいげき》されたかのように正常に戻った。

いま、ピエロが確かにつぶやいた。

秋せつら
と。

「気になりますか？　その男のために忠臣を二人も殺し、あと二人も手にかけんとする御身《おんみ》としては。ご存じかどうか――私たちの声も行為も、彼に伝わっておりますぞ」

「…………」

茫然《ぼうぜん》と凍りついたミスティの唇に、ピエロの唇が重なった。

うっ⁉　と叫んで顔は跳《は》ね上がった。舌を噛まれたのだ。いや、唇の間からしたたる血よ。噛みちぎられたとは⁉

「それほどに、あ奴めを？」

唇を拭《ぬぐ》うピエロの顔は怒りに震えていた。

彼は右手を脱ぎ捨てられたミスティのドレスにのばし、何かをすくい上げた。何も見えなかったが、ミスティは息を引いた。

「この糸が、あなたさまのすべてを奴に伝えておりましょう。さて、どうなさいます？　あの色男の真情《まこと》を信じられますか？」

「彼奴《きやつ》は何も知らぬ。わらわの行動はすべて、わらわのためじゃ」

「ところが」

とピエロは嘲笑《あざわら》った。

「ところが、恋は盲目と申しまして」

その身体が大きく宙をとんで、部屋の隅に着地した。自ら逃亡したのである。布が追って来た——真紅《しんく》の怒りとともに。あらゆることを諧謔《かいぎやく》で堕《おと》しめずにはいられぬピエロすら、逃亡の気を失ったほどの激怒であった。

その首に、布が巻きついた。

「四人は処断する」

とミスティは低く言った。

「最後はおまえじゃ。あとひとりセザカリの処断に手を貸せ。嫌か？　嫌ならおまえもここで処分する」

「お許しを」

とピエロは呻いた。彼は布に手をかけることすらできなかった。

「どうする？」

ミスティは、もう一度訊いた。

「よろしゅうございます」

とピエロは答えた。それから、この上なく無邪気で邪悪な笑みを浮かべて、

「私を殺す前に、秋せつらを処断なさるなら」

と言った。これまでの経緯からすれば、途方もない申し出であった。

「この街をレーヌに変えるとき、必ず邪魔になる男でございますぞ」

するると、

「よかろう」

外された糸の端を手の中で弄《もてあそ》びながら、秋せつらはつぶやいた。

「危《やば》いなあ」

青い光がその姿から闇を拭い落としていく。黎明《れいめい》であった。

家電《いえでん》が鳴った。

メフィストからであった。

「正午の件――私も出席する」

「やめとけ。仕事があるだろ」

「あの女の術にはすべてを犠牲にするだけの価値がある」

「死者の復活？」

「そうだ」

「おたくの師匠は成し遂《と》げたのでは？」

「かもしれんが、私は見たことがない。医学の世界は推論でなく実証だ」

「ふむふむ。明日――闘《たたか》いになるかも」

「君と――あの女か」

「そ」

どうでもいいふうに答えてから、せつらは、

「どっちにつく？」

世界でいちばん嫌らしい質問をした。

「復活だ」

「名答」

それを伝えるための電話であったものか。

「了解」

とせつらは答えた。春の薫風《くんぷう》に吹かれる散歩者のように。

「結構だ。では」

電話が切れた。

せつらは大きく両手を広げて欠伸《あくび》をひとつした。

それから、それにつられたみたいに、

「どうしようかなあ」

と頭をかいた。ミスティにつけた妖糸《ようし》が外されたことを言っているのである。

「手はあるけど」

それは必要なかったかもしれない。

三〇分ほどして、ドアが開いた。

「帰ったぞ」

三和土《たたき》から上がり込んで来たのは、ミスティであった。

「おやおや」

「もう夜明けじゃの」

と窓の方を見て言った。淡い光がその顔を染めた。

「休むか？」

「それは、まあ」

ミスティが出て行ってから、せつらは眠っていない。

「わらわも休む」

「ほお」

「そこを空《あ》けい」

「は？」

ミスティが上掛《うわが》けをめくって隣へ入って来たので、せつらは驚いた。

「出てくよ」

上体を起こしたその後ろ襟を掴まれて、引き戻された。

「ん？」

驚く身体に細い手が巻かれた。

ミスティは何も言わなかった。

せつらも黙って動かなかった。

少なくとも、これからの数時間は、二人だけの時間《とき》であった。

3

セザカリ——闇座仙三郎の要求を耳にしたものは、これはまずいことになったと唇を噛んだに違いない。

当日は早朝から土砂降り寸前の雨であった。

せつらとミスティが外へ出ると、リムジンが待っていた。白いロールスロイスの持ち主が誰かは言うまでもない。当人は後部座席に収まっている。白いかがやきがそこにあった。

運転手が降りて来て、お待ちしておりましたと、後部のドアを開けた。

「何じゃ、この馬車は？」

「この街の御典医《ごてんい》の差し廻《まわ》し」

「要《い》らぬ」

ミスティはそっぽを向いて、〈新宿駅〉の方へ歩き出した。

「というわけで」

せつらも車内のかがやきに片手を上げて、ミスティの後を追った。

立ち尽くす運転手は、驚天動地《きょうてんどうち》といってもいい、主人の感情のこもった声を聞いて、身震いした。

「女——これを作ったのが、神の最大の過《あやま》ちだ」

いつもなら、観光客やその演《だ》しものや屋台でごった返す〈旧噴水広場〉も、正午一〇分前の賑わいは、雨に溶けているように見えた。

雨音だけの灰色の世界の周囲には、しかし、多くの気配と影が蠢《うごめ》いていた。

〈機動警官《コマンド・ポリス》〉と、私服と〈区役所〉の広報課及び交渉課のメンバーであった。最もそばにいたがるマスコミ関係者は、銃で脅《おど》され、半径二〇〇メートル以内から退去を命じられていた。

「あと五分」

　とつぶやいたのは、〈区長〉の梶原であった。彼もまた〈区長〉職譲渡の件でやって来たのである。かたわらには女秘書と警察署長、保安部長と私服の保安要員が控えている。

「秋くんのところへドローンはとばしてあるのだろうな？」

「それはもう」

　保安部長はうなずいた。

「ですが、目標が家を出た時点で、全機撃墜されました。三〇〇〇万円の被害です」

「むむむ」

「来たぞ」

　鋭い声が沈黙と緊張を強《し》いた。

「〈二番街〉から二名――秋せつらとミスティと確認――あっ、カメラが破壊されました！」

「一〇〇〇万円」

　陰々《いんいん》たる保安部長の声へ、

「もうよせ。監視装置はすべてオフにしろ」

　梶原は喚《わめ》いて、居合《いあ》わせた〈機動警官〉の指揮官に舌打ちをさせた。

　雨に煙《けぶ》る二つの影が、肩を並べて広場へ入って来た。ビニール傘《がさ》をさしているのは秋せつらであった。

　一本しかないから、並んだ二人の左右半分はびしょ濡《ぬ》れだ。だが、誇り高き古代の女王に怒りのふうはない。驚く――どころか恐るべきことに、目撃者全員がこう思った。

　――恋人同士のようだ
と。

　周囲を気にすることもせず、二人は広場へ入った。

「降るなあ」

　天を見上げてごちるせつらへ、

「やっと口を開いたの」

　ミスティがからかうように言った。ここまで無言だったのだ。

「さて――そちらの家来はどこにいる？」

「あと一分」

と保安部長が言った。

「準備は出来ているな？」

梶原の問いに、〈機動警察〉の指揮官がうなずいた。

「高度二〇〇〇メートルから、署のドローンがミサイルを射ち込みます。秋くんには済まんがやむを得ません」

せつらと女王をともに消滅させれば、〈新宿〉譲渡の問題も片づくという合理的なやり方である。

全員が沈痛な面持《おもも》ちで眼を閉じたとき、

「ちょっと待て」

背後から声をかけた男がいた。隻眼《せきがん》のドレッド・ヘア――屍刑四郎であった。

「おまえは呼んでないはずだぞ」

署長がクレームをつけたが、〝凍らせ屋《スパイン・チラー》〟は動じず、彼と〈区長〉の胸《むな》ぐらを摑んだ。

「さっき、刑事部長から聞いた。あのハンサムにミサイルを射ち込ませたりはさせねえぞ」

周囲の警官と保安隊員が武器を向けたのは当然のことだ。何が起きるか、神も期待したかもしれない。

白い繊手《せんしゅ》が、それを止めた。

「ドクター・メフィスト⁉」

「不粋《ぶすい》なものは飛びはせん。それよりも、あの二人がどうなるか、〈新宿〉の命運を賭《か》けて、見届けたいとは思わんか？」

白い医師の言葉は、〝凍らせ屋〟の怒気《どき》を凍結させるに足りた。

「ジャスト正午」

告げた声が、突然くぐもった。

全員の口から、気泡が立ちのぼった。突如《とつじょ》、世界は水中と化したのである。

器材は沈み、人々は浮上しようと手足を掻《か》きまくった。

その遥《はる》か頭上で、

「セザカリめが、やりおったな。我らを狙うと見せて、邪魔者どもを沈めるとは」

「みんな水の中の？」

せつらの問いには緊迫感の欠片《かけら》もない。

「そうじゃ」

「わお」

噴水の水の中から、人影が滲《にじ》み出した。それは路上へ出た。

「セザカリ」

「左様でございます」

古《いにしえ》の名前で呼ばれた男――闇座仙三郎は、他の仲間同様、恭しく一礼し、右手をさしのべた。

「さ、まいりましょう」

「セザカリよ――許せ」

すでに彼は仲間の死を知悉《ちしつ》していたのかもしれない。なお、降りそそぐ雨の中で、その姿は薄れ、溶け込んで消失した。

「女王様といえど、理由もなく――いや、あまりにも愚劣《ぐれつ》な理由で我が生命《いのち》を奪わんとする以上、お手向かい申し上げますぞ」

降りしきる雨の中からこう聞こえた。

「だが、我らの力では、どう抗《あらが》おうとあなた様は斃せませぬ。代わって――永劫《えいごう》に光の差さぬ闇大洋《やみわだ》の中に封じさせていただきます」

せつらは水中にいる自分を知った。その身体がミスティともども一気に上昇した。

天空のどこかにつないだ妖糸は、二人を水中から引き上げたのである。

「やるのお」

微笑を浮かべたミスティの口の端から、またも気泡が浮き上がった。

「空といえども水中と化すのが、セザカリの水妖術でございます、お忘れか？」

声は笑ったようであった。それが凄《すさ》まじい苦鳴と変わったとき、二人は空中から、噴水のかたわらでよろめき崩れるセザカリの姿を見た。

「あれ？」

せつらが首をかしげるその前に、すうとピエロ姿が下りて来た。その首すじから白い麻糸が上空へのびている。

「お約束どおり、セザカリは始末いたしました。ミスティ様も約束は違《たが》えますまいな」

「無論じゃ」

「では、私はいまその男を斃した上で自裁《じさい》いたしましょう」

彼は両手を叩いた。その手で自分を抱きしめたのは、どういう理由か？

せつらが身じろぎをした。全身の骨がきしむほどの圧力を肋骨《ろっこつ》に感じたのである。

「ピエロの仕事は、みなさまに愉《たの》しんでいただくこと。そのためには、怒りも悲しみも共有していただかねばなりません。おわかりでしょうか？」

その両腕に朱の線がひとすじ走った。せつらの糸が、腕ごと上半身を切り抜いたのである。

せつらの全身が痙攣《けいれん》した。ピエロの苦痛を彼は共有したのだ。

表面《おもて》にも内臓《うちがわ》にも傷ひとつなく、血の一滴も吐かなかった。

だが、世にも美しい影は空中で全身の力を抜いた。

「これもお約束どおり」

ピエロの言葉は、血とともに吐き出された。せつらの妖糸は、彼を二つにしていたのだ。

「これで、この街はあなたと私のものです。エールをお受けください」

空中で見えない観客の拍手が鳴り響き、雨音に吸い取られた。

「下ろせ」

ミスティは命じた。

ピエロは右手の人さし指をたて、大きな弧《こ》を頭上に描いた。

音もなく、三人は地上に下りたった。

「見えますぞ、レーヌの都が。おお、あなた様と私めが、大理石《だいりせき》の階段を上り、虹色の王宮の玉座へと、向かっていきまする」

彼の呼吸は低く浅く、その眼は急速に光を失っていった。

雨の中を、世にも美しい人影が歩み寄って来た。影は白かった。

「来たの——〈魔界医師〉」

そちらを見もせずに、ミスティはつぶやいた。彼女はせつらが死んだときから、彼以外を見てはいなかった。

「おまえが、この街をどうしようと、私は関知せぬ」

とドクター・メフィストは言った。声は雨音を掻き消した。

「だが、約束は守ってもらおう。死者を甦らせる技を、今ここで伝えよ」

「よかろう」

雨の中で、新たな伝説が形を取りつつあった。

死者を甦らせる？　そして、ミスティはよしと答えた。

「死者は二人いる」

メフィストは地に横たわる二人を見つめた。

「どちらかを選べ」

「なりません……」

ピエロであった。

口からこぼれる血潮《ちしお》が身体の周囲に真紅の円を描いていく。

「……お約束をお忘れか……私も新たな生は望みませぬ……ですが……その男も……甦らせては……なりませ……ん」

ピエロは口をつぐんだ。ミスティは彼を見ていた。その眼には、おお、今まで想像もつかなかったものが――涙が光っているではないか。それは何を意味するのか。

朱唇《しゅしん》が動いた。

「ダーラモスよ、許せ」

「ミスティ……」

ピエロの右腕がミスティへとのびた。鉤《かぎ》状に曲げた指が引き裂くべきは、主人の肉体に違いない。

ミスティは身を屈《かが》めて、その腕を両手で包んだ。

「許せ」

もう一度言った。

手を離しても、ピエロの腕はもう動かなかった。

彼は息絶えていた。

ミスティは立ち上がって、せつらのかたわらに膝《ひざ》をついた。

「一度きりじゃぞ、メフィストとやら」

そこで何が起こったか。

雨と雨音はなおも続き、やがて――

「見たの？」

「確かに」

ゆっくりと、ミスティの姿はその輪郭《りんかく》を失っていった。雨に溶けていくのだろうか。

ドレスと灰色の布だけが、メフィストの足下に残り、布はすぐに溶け去った。

せつらが、上体を起こした。

「おやおや」

彼はわずかに美貌《びぼう》を歪《ゆが》めて天を仰《あお》いだ。それから周囲を見て、ドレスに眼を留めた。

「終わった？」

「確かに」

メフィストはうなずいた。ピエロの姿ももはやない。

「君は女に救われた」

メフィストの声には、侮蔑《ぶべつ》が香っていたかもしれない。

「逝《い》ったかな？」

返事を待たず、せつらは立ち上がり、足下のドレスを拾い上げた。

「行くか」

「うん」

　二人は〈コマ劇場〉の廃墟《はいきょ》の方へ歩き出した。あちこちで人影がよろめいていた。水中から脱出した人々の中に、梶原の姿も見えた。

「惜《お》しい」

　とせつら。

「何がだね？」

「〈区長〉はすげ替えるべきだ」

「それは――同感だ」

　二人は歩み去る。〈病院〉と、〈せんべい屋〉へ。

　だが、雨に漂《ただよ》い去る美しい影たちの真の行方は、いつものように〈新宿〉だけが知っているように見えた。

本書は書下ろしです。

あとがき

いやあ、進まない。

原稿の枡目《ますめ》は埋まらず時間だけが過ぎていく。

今までに一度だけ、似《に》たような状況に陥《おちい》ったことがあるが、これほどではなかった。

毎日毎日、私は録画した映画やドキュメンタリーを編集し、BD－REのディスクに入れた番組をBD－Rに移し替えたりして日を過ごしていた。

最初は、またかで済んでいた家人の顔が、次第《しだい》に険《けわ》しくはならず、呆《あき》れはじめ、FAXしてくれと頼んだ原稿を「ほれ」と返すとき、「死ね」と聞こえはじめた。

勿論《もちろん》、私も人間であるから、このスランプの理由に眼を向けざるを得なかった。

原因はすぐにわかった。いや、最初から気づいていたのである。

〈新宿〉を席捲《せっけん》するヒロインを私は『夜叉姫伝《やしゃき》』（祥伝社文庫／全四巻）で描き尽くしていたのである。

美貌《びぼう》、邪悪さ、超戦闘能力――そのすべてを備えたヒロイン美姫《びき》は、せつらとメフィストばかりか、私をも圧倒した。

それからたびたび、ヒロインを描いてきたものの、夜叉姫を凌駕《りようが》することはできなかった。

何度やっても駄目。

いつの間にか私は、夜叉姫を超えるヒロインの創造を諦《あきら》めた。

なのになぜ今回――と問われれば、わからないと答えるしかない。最初からスランプは用意されていたのである。

そして、だらだらと時間ばかりが過ぎていった。

正直、途中で投げ出し、別のストーリーへ移ることも考えたのである。それが一転、やっぱりこれでとなったのは、

「ミスティを主人公に据《す》えた話をもっと書こうかなあ」

と思い到《いた》ったときである。

となれば、ミスティは愛される存在でなければならない。打つ手は単純であった。

夜叉姫が備えていた特徴の中から「純情さ」を拡大しようと思いついたのである。つい手を叩《たた》いてしまった。

後は一気呵成《いっきかせい》であった。

こうして、『紅《くれない》の女王』は読者のお手元に届けられた。

後遺症も抜群である。

書けない間に読みかじった武道ドキュメントに影響されてはじめた筋トレは、前から筋《すじ》を違えていた両腕に今なお危《やば》い痛みを残し、よせばいいのに工夫して突撃したスクワットは、日常の歩行中にへたり込む膝《ひざ》を生み出した。

だから、買えというつもりは毛頭《もうとう》ないが、ミスティの純情無惨《むざん》な活躍ぶりだけは読んでいただきたいと願うものである。

二〇一九年七月某日

「ザ・マミー　呪われた砂漠の王女」（吹替版・'17）

を観《み》ながら。

菊地秀行

ノン・ノベル百字書評

キリトリ線

なぜ本書をお買いになりましたか（新聞、雑誌名を記入するか、あるいは○をつけてください）

□（　　　　　　　　　　　　）の広告を見て
□（　　　　　　　　　　　　）の書評を見て
□ 知人のすすめで　　□ タイトルに惹かれて
□ カバーがよかったから　　□ 内容が面白そうだから
□ 好きな作家だから　　□ 好きな分野の本だから

いつもどんな本を好んで読まれますか（あてはまるものに○をつけてください）

●**小説**　推理　伝奇　アクション　官能　冒険　ユーモア　時代・歴史
恋愛　ホラー　その他（具体的に　　　　　　）

●**小説以外**　エッセイ　手記　実用書　評伝　ビジネス書　歴史読物
ルポ　その他（具体的に　　　　　　）

その他この本についてご意見がありましたらお書きください

最近、印象に残った本をお書きください		ノン・ノベルで読みたい作家をお書きください	

1カ月に何冊本を読みますか	冊	1カ月に本代をいくら使いますか	円	よく読む雑誌は何ですか	

住所					
氏名		職業		年齢	

あなたにお願い

この本をお読みになって、どんな感想をお持ちでしょうか。

この「百字書評」とアンケートを私までいただけたらありがたく存じます。個人名を識別できない形で処理したうえで、今後の企画の参考にさせていただくほか、作者に提供することがあります。

あなたの「百字書評」は新聞・雑誌などを通じて紹介させていただくことがあります。その場合はお礼として、特製図書カードを差しあげます。

前ページの原稿用紙（コピーしたものでも構いません）に書評をお書きのうえ、このページを切り取り、左記へお送りください。祥伝社ホームページからも書き込めます。

〒一〇一-八七〇一
東京都千代田区神田神保町三-三
祥伝社
NON NOVEL編集長　金野裕子
☎〇三（三二六五）二〇八〇
www.shodensha.co.jp/
bookreview

NON NOVEL

「ノン・ノベル」創刊にあたって

「ノン・ブック」が生まれてから二年一カ月、ここに姉妹シリーズ「ノン・ノベル」を世に問います。

「ノン・ブック」は既成の価値に〝否定《ノン》〟を発し、人間の明日をささえる新しい喜びを模索するノンフィクションのシリーズです。

「ノン・ノベル」もまた、小説《フィクション》を通して、新しい価値を探っていきたい。小説の〝おもしろさ〟とは、世の動きにつれてつねに変化し、新しく発見されてゆくものだと思います。

わが「ノン・ノベル」は、この新しい〝おもしろさ〟発見の営みに全力を傾けます。ぜひ、あなたのご感想、ご批判をお寄せください。

昭和四十八年一月十五日

ＮＯＮ・ＮＯＶＥＬ編集部

NON・NOVEL —1046

魔界都市《まかいとし》ブルース　紅《くれない》の女王《じょおう》

令和元年８月30日　初版第１刷発行

著　者　菊《きく》　地《ち》　秀《ひで》　行《ゆき》

発行者　辻　浩　明

発行所　祥《しょう》　伝《でん》　社《しゃ》

〒101-8701

東京都千代田区神田神保町 3-3

☎ 03(3265)2081(販売部)

☎ 03(3265)2080(編集部)

☎ 03(3265)3622(業務部)

印　刷　萩　原　印　刷

製　本　ナショナル製本

ISBN978-4-396-21046-5　C0293

Printed in Japan

祥伝社のホームページ・www.shodensha.co.jp

サイコダイバー・シリーズ
魔獣狩り 新装版　夢枕　獏

長編超伝奇小説 新装版
魔獣狩り外伝 聖母隠陀羅・美空曼陀羅　夢枕　獏

長編超伝奇小説 新装版
新・魔獣狩り序曲 魍魎の女王　夢枕　獏

サイコダイバー・シリーズ⑬〜㉕
新・魔獣狩り〈全十三巻〉　夢枕　獏

マン・サーチャー・シリーズ
魔界都市ブルース〈愁鬼の章〉　菊地秀行

マン・サーチャー・シリーズ
魔界都市ブルース〈幻舞の章〉　菊地秀行

マン・サーチャー・シリーズ
魔界都市ブルース〈恋獄の章〉　菊地秀行

マン・サーチャー・シリーズ
魔界都市ブルース〈愁哭の章〉　菊地秀行

マン・サーチャー・シリーズ
魔界都市ブルース〈鬼郷の章〉　菊地秀行

マン・サーチャー・シリーズ
魔界都市ブルース〈霧幻の章〉　菊地秀行

マン・サーチャー・シリーズ
魔界都市ブルース〈愁歌の章〉　菊地秀行

魔界都市ブルース
青春鬼　菊地秀行

魔界都市ブルース
闇の恋歌　菊地秀行

魔界都市ブルース
青春鬼　夏の羅刹　菊地秀行

魔界都市ブルース
妖婚宮　菊地秀行

魔界都市ブルース
〈魔法街〉戦譜　菊地秀行

魔界都市ブルース
狂絵師サガン　菊地秀行

魔界都市ブルース
美女祭綺譚　菊地秀行

魔界都市ブルース
虚影神　菊地秀行

魔界都市ブルース
屍皇帝《しこうてい》　菊地秀行

魔界都市ブルース
〈魔界〉選挙戦　菊地秀行

魔界都市ブルース
〈新宿〉怪造記　菊地秀行

魔界都市ブルース
ゴルゴダ騎兵団　菊地秀行

魔界都市ブルース
黒魔孔《こくまこう》　菊地秀行

魔界都市ブルース
餓獣の牙　菊地秀行

魔界都市ブルース
傭兵《ようへい》戦線　菊地秀行

魔界都市ブルース
幻視人《げんしびと》　菊地秀行

魔界都市ブルース
紅《くれない》の女王　菊地秀行

長編超伝奇小説
ドクター・メフィスト **夜怪公子《やかいこうし》**　菊地秀行

長編超伝奇小説
ドクター・メフィスト **若き魔道士**　菊地秀行

長編超伝奇小説
ドクター・メフィスト **瑠璃魔殿《るりまでん》**　菊地秀行

長編超伝奇小説
ドクター・メフィスト **妖獣師ミダイ**　菊地秀行

- 長編超伝奇小説 ドクター・メフィスト 不死鳥街 菊地秀行
- 長編超伝奇小説 ドクター・メフィスト 消滅の鎧《アーマー》 菊地秀行
- 魔界都市迷宮録 ラビリンス・ドール 菊地秀行
- 魔界都市プロムナール 夜香抄《やこうしょう》 菊地秀行
- 魔界都市ノワール 魔香録 菊地秀行
- 魔界都市ノワール 兇月面 菊地秀行
- 魔界都市アラベスク 邪界戦線 菊地秀行
- 魔界都市ヴィジトゥール 幻工師ギリス 菊地秀行

- 長編超伝奇小説 魔海船〈全三巻〉 菊地秀行
- 退魔針《たいましん》 鬼獣戦線 菊地秀行
- 退魔針 紅虫魔殺行 菊地秀行
- 新バイオニック・ソルジャー・シリーズ 新・魔界行〈全三巻〉 菊地秀行
- 長編新伝奇小説 夜光曲 薬師寺涼子の怪奇事件簿 田中芳樹
- 長編新伝奇小説 水妖日にご用心 薬師寺涼子の怪奇事件簿 田中芳樹
- 長編新伝奇小説 海から何かがやってくる 薬師寺涼子の怪奇事件簿 田中芳樹
- 長編新伝奇小説 白魔《びゃくま》のクリスマス 薬師寺涼子の怪奇事件簿 田中芳樹

- 連作小説 厭な小説 京極夏彦
- 長編新伝奇小説 ソウルドロップの幽体研究 上遠野《かどの》浩平
- 長編新伝奇小説 メモリアノイズの流転現象 上遠野浩平
- 長編新伝奇小説 メイズプリズンの迷宮回帰 上遠野浩平
- 長編新伝奇小説 トポロシャドゥの喪失証明 上遠野浩平
- 長編新伝奇小説 クリプトマスクの擬死工作 上遠野浩平
- 長編新伝奇小説 アウトギャップの無限試算 上遠野浩平
- 長編新伝奇小説 コギトピノキオの遠隔思考 上遠野浩平

- 魔大陸の鷹 熱沙奇巌城《ねつさきがんじょう》 赤城　毅
- 魔大陸の鷹 氷海の狼火 赤城　毅
- 魔大陸の鷹 燃える地平線 赤城　毅
- 長編冒険スリラー オフィス・ファントム〈全三巻〉 赤城　毅
- 長編本格推理 奇動捜査 ウルフォース 霞《かすみ》　流一《りゅういち》
- 推理アンソロジー まほろ市の殺人 有栖川有栖他

長編推理小説 十津川班捜査行 湘南情死行 西村京太郎

長編推理小説 近鉄特急 伊勢志摩ライナーの罠 西村京太郎

長編推理小説 十津川班捜査行 わが愛 知床に消えた女 西村京太郎

長編推理小説 十津川警部捜査行 外国人墓地を見て死ね 西村京太郎

トラベル・ミステリー 十津川警部捜査行 宮古《みやこ》行「快速リアス」殺人事件 西村京太郎

長編推理小説 生死を分ける転車台 天竜浜名湖鉄道の殺意 西村京太郎

トラベル・ミステリー 十津川警部捜査行 カシオペアスイートの客 西村京太郎

長編推理小説 十津川警部捜査行 SL「貴婦人号」の犯罪 西村京太郎

トラベル・ミステリー 十津川直子の事件簿 西村京太郎

長編推理小説 九州新幹線マイナス1 西村京太郎

トラベル・ミステリー 十津川警部 怪しい証言 西村京太郎

長編推理小説 十津川警部 哀しみの吾妻《あがつま》線 西村京太郎

推理小説 十津川警部 悪女 西村京太郎

長編推理小説 十津川警部 七十年後の殺人 西村京太郎

トラベル・ミステリー 十津川警部 裏切りの駅 西村京太郎

長編推理小説 十津川警部 絹の遺産と上信電鉄 西村京太郎

長編推理小説 十津川警部 わが愛する犬吠の海 西村京太郎

長編推理小説 十津川警部 予土線《ローカル》に殺意が走る 西村京太郎

長編推理小説 十津川警部 路面電車と坂本龍馬 西村京太郎

長編本格推理小説 鯨の哭《な》く海 内田康夫

長編推理小説 棄霊島《きれいじま》 上下 内田康夫

長編推理小説 還《かえ》らざる道 内田康夫

長編推理小説 汚《よご》れちまった道 内田康夫

長編旅情推理 釧路川殺人事件 梓林太郎

長編旅情推理 笛吹川殺人事件 梓林太郎

長編旅情推理 紀の川殺人事件 梓林太郎

長編旅情推理 京都 保津川殺人事件 梓林太郎

長編旅情推理 京都 鴨川殺人事件 梓林太郎

長編旅情推理 日光 鬼怒川殺人事件 梓林太郎

長編旅情推理 神田川殺人事件 梓林太郎

長編旅情推理 金沢 男川女川殺人事件 梓林太郎

長編旅情推理 安芸広島 水の都の殺人 梓林太郎

NON NOVEL

長編旅情推理　博多　那珂川《なかがわ》殺人事件　梓林太郎

長編旅情推理　倉敷　高梁川《たかはしがわ》の殺意　梓林太郎

長編推理小説　歌舞伎町謀殺　顔のない刑事・刺青捜査　太田蘭三

長編推理小説　京都鞍馬《くらま》街道殺人事件　木谷恭介

本格推理コレクション　しらみつぶしの時計　法月綸太郎

長編本格推理　藍《あい》の悲劇　太田忠司

長編本格推理　男爵《バロン》最後の事件　太田忠司

長編ミステリー　幻影のマイコ　太田忠司

長編ミステリー　警視庁幽霊係　天野頌子《しょうこ》

連作ミステリー　少女漫画家が猫を飼う理由《わけ》　警視庁幽霊係　天野頌子

連作ミステリー　紳士のためのエステ入門　警視庁幽霊係　天野頌子

長編ミステリー　警視庁幽霊係と人形の呪い　天野頌子

長編ミステリー　警視庁幽霊係の災難　天野頌子

長編本格推理　扉は閉ざされたまま　石持浅海《いしもちあさみ》

長編本格推理　君の望む死に方　石持浅海

長編本格推理　彼女が追ってくる　石持浅海

本格推理小説　わたしたちが少女と呼ばれていた頃　石持浅海

長編本格推理　賛美せよ、と成功は言った　石持浅海

サイコセラピスト探偵・波田煌子　蒼い月　なみだ事件簿にさようなら！　鯨統一郎

長編本格歴史推理　親鸞《しんらん》の不在証明　鯨統一郎

本格歴史推理　空海　七つの奇蹟　鯨統一郎

天才・龍之介がゆく！　人質ゲーム、オセロ式　柄刀《つかとう》　一《はじめ》

天才・龍之介がゆく！　UFOの捕まえ方　柄刀　一

天才・龍之介がゆく！　消滅島　RPGマーダー　柄刀　一

長編サスペンス　陽気なギャングが地球を回す　伊坂幸太郎

長編サスペンス　陽気なギャングの日常と襲撃　伊坂幸太郎

長編サスペンス　陽気なギャングは三つ数えろ　伊坂幸太郎